日本国民作家：夏目漱石

高洁——著

华中科技大学出版社
http://www.hustp.com
中国·武汉

图书在版编目（CIP）数据

日本国民作家：夏目漱石 / 高洁著 . -- 武汉：华中科技大学出版社，2021.5
（阅读世界文学巨匠系列）
ISBN 978-7-5680-6982-3

Ⅰ . ①日… Ⅱ . ①高… Ⅲ . ①夏目漱石 (1867–1916) –生平事迹②夏目漱石 (1867–1916) –小说研究 Ⅳ . ① K833.135.6 ② I313.074

中国版本图书馆 CIP 数据核字（2021）第 069557 号

日本国民作家：夏目漱石 高洁 著
Riben Guomin Zuojia: Natsume Souseki

策划编辑：亢博剑 伊静波 孙 念
责任编辑：孙 念
责任校对：阮 敏
责任监印：朱 玢
封面设计：璞茜设计 2815932450@qq.com
出版发行：华中科技大学出版社（中国 · 武汉） 电话：（027）81321913
武汉市东湖新技术开发区华工科技园 邮编：430223
印 刷：湖北新华印务有限公司
开 本：880mm × 1230mm 1/32
印 张：6
字 数：133 千字
版 次：2021 年 5 月第 1 版第 1 次印刷
定 价：32.00 元

序

文明互鉴 求同存异

曾几何时，迫于泰西的坚船利炮和千年未有之大变局，洋务运动开启了改良的滥觞。但囿于技不如人，且非一朝一夕可以赶超，一些仁人志士又被迫转向上层建筑和世道人心。及至“百日维新”，新国家必先新风气、新风气必先新文学被提上日程。这也是五四运动借文学发力，“别求新声于异邦”的主要由来。

是以，从古来无史、不登大雅的文学着手，着眼点却在改天换地：梁启超发表《论小说与群治之关系》等檄文，陈独秀、瞿秋白、鲁迅、胡适等前赴后继，文学革命蔚然成风，并逐渐将涓涓细流汇聚成文化变革的浩荡大河。

用习近平总书记的话说，“文化是一个国家、一个民族的灵魂，文化兴国运兴，文化强民族强。没有高度的文化自信，没有文化的繁荣兴盛，就没有中华民族伟大复兴。”而文学始终是狭义文化的中坚。因此，习近平总书记历来高度重视文学发展和文明互鉴，《在文艺工作座谈会上的讲话》发表后不久，又提出了“不忘本来，吸收外来，面向未来”，此乃大同精神所自也、最大公约数所由也。如是，“建设文化强国”写进了我国的“十四五”规划，这不仅彰显了文化自信，而且擢升了文化强国的动能。

一

《周易》云：“观乎天文，以察时变；观乎人文，以化成天下。”所谓人文化成，文化在中华传统思想中几乎是大道的同义词。且说中国特色社会主义文化源自中华民族五千年文明历史所孕育的优秀传统。创造性继承和创新性发展传统文化不仅是民族生生不息的精神命脉，而且也是涵养社会主义核心价值观的源头活水，更是我们在世界文化激荡变幻中站稳脚跟的坚实基础。同时，海纳百川地吸收世界优秀文化成果不仅是不同国家和人民之间交流的需要，也是提升个人修养的妙方。所谓“他山之石，可以攻玉”，早在汉唐时期，兼收并蓄、取长补短便是中华文化、中华民族繁荣昌盛的不二法门。

前不久，习近平总书记又在《治国理政》第三卷中明确提出，“我将无我，不负人民”。多么令人感奋的誓言！这是对“天下为公”和“为人民服务”思想的现实阐发，也让我想起了老庄思想中遵循“天时”“人心”的原则。由是，人类命运共同体理念尊崇最大公约数：除基本的民族立场外，还包含了世界各民族自主选择的权利。这是两个层面的最大公约数，与之对立的恰恰是不得人心的单边主义和霸权主义。

作为人文学者，我更关注民族的文化精神生活。诚所谓“有比较才能有鉴别”，中华文化崇尚“穷则独善其身，达则兼济天下”，乐善好施、协和万邦；同时，中华文化又提倡天人合一、因地制宜。当然，中华文化并非一成不变，更非十全十美。因此，见贤思齐，有容乃大也是我们必须坚持的基本信条之一，反之便是闭关自守、夜郎自大所导致的悲剧和苦果。当前，我国文化与世界各国文化的交流方兴未艾，学术领域更是百花齐放，呈现出前所未有的多样性和丰富性。这充分显示了我国的开放包容和建构人类命运共同体的美好愿景。自“百日维新”和五四运动以降，我国摒弃了文化自足思想，从而使“西学东渐”达到了空前的高度。具体说来，二百年“西学东渐”不仅使我们获得了德先生和赛先生，而且大大刺激了我们麻木已久的神经。于是，马克思主义、人道主义、女权主义、生态思想等众多现代文明理念得以在中华大地发扬光大。

西方的崛起也曾得益于“东学西渐”。设若没有古代东方的贡献，古希腊罗马文化的发展向度将不可想象，“两希文明”也难以建立。同样，在中古时期和近代，如果没有阿拉伯人通过“百年翻译运动”给西方带去东方文明成果（其中包括我国的“四大发明”），就没有文艺复兴运动和航海大发现。

总之，丰富的文化根脉、无数的经验教训和开放包容的心态不仅使中华民族在逆境中自强不息，而且自新中国成立，尤其是改革开放和新时代以来，也益发奠定了国人求同存异的民族品格。

二

人说不同民族有不同的文化，后者就像身份证。而我更乐于用基因或染色体比喻文化。大到国家民族，小至个人家庭，文化是精神气质，是染色体，是基因。它决定了各民族在国际交往中既有发展变化，又不易被淹没的活的魂灵。

如今平心而论，我们依然是发展中国家。即或硬件上也尚有不少“卡脖子”的问题，软件和细节方面就更不必说。我们需要向西方学习和借鉴的地方还有很多。而文学艺术不仅是世道人心的载体，也是文明互鉴中不可或缺的航标。

前辈钱锺书先生一直相信“东海西海，心理攸同；南学北学，道术未裂”。古人则有“夫以铜为镜，可以正衣冠；以史为镜，可以知兴替；以人为镜，可以明得失”之谓。人需要借镜观形、换位思考、取长补短，民族、国家亦然。

有鉴于此，我真诚地祝愿阅读世界文学巨匠系列丛书顺利出版，祈中华文化在吐故纳新、温故知新、不断鼎新中“苟日新，日日新，又日新”。

中国社会科学院学部委员，外国文学研究所原所长，
中国外国文学学会会长，第十二、十三届全国政协委员
陈众议

匿名的共同体与“回家的召唤”

24 年前，费孝通先生首次提出文化自觉的概念，包含着两层意思：首先，要对自己的文化追根溯源、把握规律、预示未来；其次，不断与异文化交流并尊重差异，携手共同发展。这一概念的提出时值全球一体化之初，借由他者体认自我的意识不可谓不高瞻远瞩。

今时今日，我们说不同文明之间要平等对话、交流互鉴、相互启迪，前提便是高度的文化自觉：知自我从何而来、到何处去，知不同于我者为差异及补充。

但具体而言，自我体认如何与他者相关？可试从我熟悉的翻译说起。

几近一百年前，1923 年，自称“在土星的标志下来到这个世界”的本雅明将法国诗人波德莱尔的《巴黎风貌》译为德文，并撰写了译序，题为《译者的任务》。在这篇译序中，本雅明谈翻译，实际上也在谈认知及语言。明面上，本雅明主要阐述了三个问题：

其一，文学作品是否可译；其二，如果原作者不为读者而存在，我们又如何理解不为读者而存在的译作；其三，翻译的本质为何。

为此，本雅明打了一个比方。他将文字比作树林，将作者看作入林的行路者，而译者则是林外纵观全局、闻语言回声之人。文学作品如若绕圈打转，所及无非枯木，向上无以萌芽刺破天空，向下无根系网织土壤、吸收营养、含蓄水分，又何来可译的空间？可译不可译的问题便化为有无翻译的空间及价值的判断。文林呼唤作者入内，作者受了文林的吸引而非读者的呼唤，而文林又非无动于衷的死物，始终在生长、变化，身于林外的译者眼见这一错综复杂的变迁，所领略的只能是变化的共同体——原作“生命的延续”，也非读者的期待。翻译，便是无可奈何地眼见原作的变化、语言间的差异，“在自身诞生的阵痛中照看原作语言的成熟过程”，真正的翻译，因为表现出语言的变化以及不同语言之间的互补关系，自然流露出交流的渴望。

若非差异，若非差异构建的空间广阔，若非差异空间的变化与生长之永恒，何来交流之必要，又何谈翻译？

四十多年后，法国作家布朗肖批判性地阅读了本雅明的《译者的任务》，写下了《翻译》一文。布朗肖说，翻译确实可贵，文学作品之所以可译，也的确因为语言本身的不稳定性与差异，“所有的翻译栖息于语言的差异，翻译基于这一差异性，虽然从表面看似乎消除了差异”。但是，作为母语的他者，外语唤醒的不仅仅是我们对差异的感知，更重要的，还有陌生感。对于我们早已习以为常的母语，因为外语的比对，我们竟有如身临境外偶然听到母语一般，忽然之间竟有一种陌生的感觉，仿佛回到了语言创造之初，触及创造的土壤。

20世纪20年代，德国作家本雅明阅读、译介法国作家波德莱尔，写下了世界范围内影响至深的《译者的任务》。20世纪70年代，法国作家布朗肖批判性阅读德国作家兼翻译家本雅明的《译者的任务》，写下《翻译》，影响了一代又一代后现代主义的代表人物。可见，翻译不仅从理论上，更是在有血有肉的实践中解释并促进着跨文化的交流与不同文明的互鉴。

文之根本，在于“物交杂”而变化、生长，文化之根本在于合乎人类所需又能形成精神符号，既可供族群身份认同，又可以遗产的方式薪火相传。简单说，文化更似一国之风格。“阅读世界文学巨匠”系列丛书，具有启迪性的力量，首辑选取了10国10位作家，有荷马（希腊语）、塞万提斯（西班牙语）、但丁（意大利语）、卡蒙斯（葡萄牙语）、歌德（德语）、雨果（法语）、普希金（俄语）、泰戈尔（孟加拉语）、马哈福兹（阿拉伯语）、夏目漱石（日语）——一个个具有精神坐标价值的名字，撑得起“文学巨匠”的名头，不仅仅因为国民度，更因为跨时空的国际影响。我们的孩子从小便从人手一本的教科书或课外读物中熟悉他们的名字与代表性作品，从某种程度上来说，他们的风格似乎代表了各国的风格。当哈罗德·布鲁姆谈文学经典所带来的焦虑时，同时表达着文化基因的不可抗拒性。进入经典殿堂的作品及作家，表现、唤醒并呼唤的正是典型的文化基因。当我们比对普希金、歌德、夏目漱石、泰戈尔及其作品时，比对的更像是俄罗斯、德国、日本、印度及其精神、文化与风骨。伟大的作品往往没有自己的姓名，匿名于一国的文化基因，似乎将我们推向文化诞生之初，让我们更接近孕育的丰富与创造的可能。在这一基础上，如上文所说，作为文化的他者，他国的文学巨匠将唤醒我们对于自身文化的陌生感，让我们离文化的诞生之地又进了一步。

至于文明，则是社会实践对文化作用的结果，作为一国制度及社会生活成熟与否的尺度及标准，不同文明有着各自更为具体的历史、人文因素与前行的目标。尊重文化间的差异，鼓励不同文化的平等对话与交流互鉴，既是文明的表现，更是文明进一步繁荣的条件。差异构建的多元文明相互间没有冲突，引发冲突的是向外扩张的殖民制度与阶级利益，极力宣扬自我姓名甚至让其成为法令的也是殖民制度与阶级利益，而非文明。24年前，费孝通先生所畅想的美美与共的人类共同体，便是基于文明互鉴的匿名的共同体。

差异与陌生引领我们步入的并非妥协与殖民扩张之地，而是匿名于“世界”与“国际”的共同体。

我们试图从翻译说起，谈他者之于文化自觉与文明互鉴的重要性，也谈经典之必要，翻译之必要，因为正如本雅明所说，“一切伟大的文本都在字里行间包含着它的潜在的译文；这在神圣的作品中具有最高的真实性。《圣经》不同文字的逐行对照本是所有译作的原型和理想。”而今，摆在我们面前的这套丛书，集翻译、阐释、文化交流与文明互鉴为一体，因为更立体的差异与更强烈的陌生感，或许可以成为作品、文化与文明创造性的强大“生命的延续”。

最后，仍然以本雅明这一句致敬翻译、文化交流与文明互鉴的努力：有时候远方唤起的渴望并非是引向陌生之地，而是一种回家的召唤。

浙江大学文科资深教授、中国翻译协会常务副会长

许钧

2021年4月7日于南京黄埔花园

CONTENTS

目 录

导言

为什么今天我们还要读夏目漱石？

夏目漱石是日本近现代文学史上最著名的作家。2000 年下半年，日本四大知名报社之一的朝日新闻社协同日本文学团体共同举办了日本“千年 (1000—2000 年) 文学者”民意评选。从 20569 张由作家和文学爱好者填写的选票中评选出日本千年文学家 50 人。其中，夏目漱石得票 3516 张，高居榜首。在日本各大书店普及版文库本的书架上，夏目漱石与大江健三郎等诺贝尔文学奖获奖作家的作品一列摆放，售出之后马上补货，从来没有出现断货的情况。

日本人一般将夏目漱石称为国民作家，因为他在日本家喻户晓，妇孺皆知。文学史家公认他为日本近代文学史上最杰出的代表作家，将他和森鸥外并列为日本近代文学的两位巨匠。日本中小学国语课程都选用他的作品作为教材，因而几乎所有的日本人都读过他的作品。日本 1984 年发行的千元纸币采用了夏目漱石的头像，他是日本第一位登上纸币票面的作家，这既是国家层面对夏目漱石的肯定与宣传，也是民众对夏目漱石高度认可与由衷喜爱的体现。

为什么夏目漱石在日本拥有如此众多的读者，在日本近现代文学史上享有如此崇高的地位呢？

首先，夏目漱石是日本明治时期知识分子的代表。夏目漱石出生于 1867 年，他的年纪正好与明治纪年一致。1873 年，日本开始实行强制征兵制，开始走上帝国主义国家之路。漱石一生经历了中日甲午战争、日俄战争、第一次世界大战，亲身经历了日本如何一步步实现它的帝国主义梦想。漱石毕业于东京帝国大学，曾作为日本政府第一批公派留学生前往英国留学，归国后担任东京第一高等学校及东京帝国大学的讲师，堪称明治社会的精英。夏目漱石曾在《满韩漫游》一书中提及他的很多同学，其中既有半官半民的国策公司“南满洲铁道株式会社”的副总裁，更有帝国大学的教授，无一不是支撑明治政府的栋梁，但是在该书中他们都被漱石以幽默戏谑的口吻加以讽刺。作为明治时代屈指可数的精英知识分子，夏目漱石没有选择步入仕途，而是坚持在《朝日新闻》这一民间纸质媒体上，以连载的形式发表小说，在《朝日新闻》上刊登的“入社辞”中，夏目漱石写道：“如果报纸行业是一种买卖，那么在大学里做事也是做买卖。如果不是买卖，就没有必要当教授、当博士，不必要求涨薪水，没必要拿政府津贴。报纸行业是一种买卖，大学同样也是一种买卖，如果报纸行业是低俗的买卖，那么大学也是一种低俗的买卖。不过一个是私人经营，一个是国家经营而已。”

夏目漱石将报纸这一商业媒体与日本国家设立的帝国大学相提并论，毅然决然地放弃了出人头地的出仕之路，选择了“连载小说作家”这一个人文学创作之途，并且获得成功，在当时拥有广泛的读者，拥有强大的公众影响力。1911 年 2 月间，日本文部省决定授予五六位知名人士博士称号，夏目漱石也在其中，但是他最终没有接受这个称号。夏目漱石一生都保持着这种尊重个人意志、不肯屈从权势的风骨与气度。

夏目漱石用文学创作之笔书写了一个时代，我们可以以“饱含文明批评，不断对近代日本提出质疑的大知识分子的文学”来总结他的创作。对于文学创作的理论，夏目漱石更是独树一帜，提出了今天我们仍然在思考的诸多问题。漱石在文艺理论著作《文学论》的序言中，自述研究英国文学的经历和困惑。漱石从小受汉文学的熏陶，曾以为英国文学与汉文学相同，但学习之后才发现两者差异巨大。前者是现代概念的语言艺术，后者则是传统的经世学问。为了解决东西方文学概念的冲突，夏目漱石决定摆脱当时一般的“文学”定义，从心理学和社会学的角度重新探究“文学”的本质。漱石认为日本近代文学尽管受到西方文学影响，但前进的方向并不必然与西方文学相同。西方的审美标准不能成为评判日本文学价值的基准。必须摆脱进化论史观，寻找一种能够涵盖东西方文学的研究框架。应该说，漱石一生的文学创作正是对此理念的实践，并取得了巨大成功。

以明治时期启蒙思想家福泽谕吉提出“脱亚入欧”的口号为标志，明治维新之后，日本以学习和效仿西方国家，早日步入欧美帝国列强队伍为目标，文学家也纷纷把目光投向西方。但夏目漱石却一直保持着清醒的认识，他说：“即便西洋人认为是好诗，朗朗上口，那只是西洋人的看法，即便有一定的参考价值，只要我不这样认为，我就不会拾人牙慧。”

漱石在 1911 年 8 月所做的著名演讲《现代日本的开化》中指出，明治维新以来日本文化是在大量吸收西方文化的背景下发展起来的，日本文化的进步不是“内发的”，而是“外发的”。夏目漱石在文学创作中努力改变着这一点，他一贯坚持自己的风格，将自己从小接受的汉学教育中习得的文学理念与英国留学期间习得的西方文学概念融会贯通，其生前创作的最后一首汉诗写道：

无题

真踪寂寞杳难寻，欲抱虚怀步古今。

碧山碧水何有我，盖天盖地是无心。

依稀暮色月离草，错落秋声风在林。

眼耳双忘身已失，空中独唱白云吟。

从他临终一个月前创作的这首汉诗中，我们可以看出漱石将来源于汉学修养的“则天去私”这一概念作为自己追求的理想境界，希望通过文学创作达到无私无我、大彻大悟的境界。

可以说，正是夏目漱石融会东西的深厚修养，审视时代的敏锐犀利的眼光，造就了他的杰出文学成就。加之独立自主的个性与不畏权贵的风骨，使得夏目漱石的文学作品直到今天一直拥有众多的读者，成为日本近现代文学的经典，经久不衰。

夏目漱石是中国读者最熟知的日本作家之一，很多研究者认为夏目漱石在日本近现代文学史上的地位近似于鲁迅在中国近现代文学史上的地位。也许是历史的巧合，最早关注并翻译、介绍漱石文学作品的中国学者恰恰也是鲁迅、周作人两位先生。迄今为止，夏目漱石的主要作品都已被翻译成中文，其中不乏《我是猫》这样有几十种中文译本的作品。

自朝鲜半岛沦为日本的殖民地至 1945 年，朝鲜半岛的民众对于日本文学的接受经历了一个相对复杂的过程。直到 1961 年，5 卷本的日本文学选集中收录了由作家金声翰翻译的小说《哥儿》，这是夏目漱石的作品第一次被翻译成韩语出版。1977 年，《我是猫》的韩语译本出版。但总的来说，当时夏目漱石的文学并没有进入一般韩国读者的阅读视野。进入 20 世纪 90 年代之后，漱石的作品开始在韩国受到广泛关注。2015 年韩国翻译出版了 14 卷本的漱石全集，将夏目漱石定位为 20 世纪的大文豪、日本的莎士比亚。译者朴裕河指出，“漱石生活在高唱进化论的军国主义的时代，却并没有随波逐流，不为他人的欲望所动，始终保持着富于自由、伦理、道德的个人意识”，

“漱石的文学不是无聊的过去时代的故事，而是对生活在现代的每个人所面临的状况、苦恼所做的深刻洞察”。

在全世界范围内，夏目漱石也是最为人熟知的日本作家之一。1957年，英国的日本文学研究者埃德温·马克雷兰（Edwin McClellan，1925—2009）将夏目漱石的小说《心》翻译成英文出版。1965年，阿兰·特尼（Alan Turney，1938—2006）翻译了《草枕》《哥儿》，美国学者瓦尔德·维尔蒙（Valdo H. Viglielmo，1926—2016）翻译了《明暗》，由此夏目漱石的长篇小说相继被译介到欧美国家，近年来更是不断有新的译本面世。2005年，英国的日本文学研究家达米安·弗拉纳甘（Damian Flanagan，1969—）将《伦敦塔》译成英文出版，并评价夏目漱石是可与莎士比亚比肩的世界文豪。美国的日本文学研究者迈克尔·伯达修（Michael KBourdaghs，1961— ）也认为夏目漱石是与鲁迅、卡夫卡、乔伊斯等齐名的20世纪文学的开拓者，漱石的《文学论》是运用心理学与社会学探究文学本质的先驱之作。

迄今为止，夏目漱石的作品已被译介成英文、法文、德文、意大利文、西班牙文、中文、韩文等多种文字的版本。2020年是夏目漱石153周年诞辰，逝世104周年，夏目漱石进行文学创作的年代已过去了一个多世纪，但是漱石的文学对于今天的日本读者来说依然鲜活，没有丝毫的陈旧感，可以说漱石是“永恒的现代作家”，这一点在中国、韩国也获得了读者的认可。在欧美，夏目漱石也被视为20世纪文学的领袖级人物。因而，夏目漱石的文学堪称世界文学，值得今天的读者阅读，开卷受益。

PART I

夏目漱石的一生

坎坷童年

夏目家曾经是名门望族，日语中称“名主”，是江户时代由乡绅担任的地方行政官。在普通百姓眼里，名主收入不菲，家境富裕，还掌握一定的权力。不过，名主级别也有大小高低之分，夏目漱石的祖父小兵卫直基负责管辖的是牛込马场下横町（今天的东京都新宿喜久井町）等十几个町，漱石的父亲子承父业，在当时算是有相当地位的。

庆应三年正月初五，庚申之日，即公历 1867 年 2 月 9 日，出生于江户牛込马场下横町的夏目家小孩被起名为金之助。因为按照迷信的说法，庚申之日出生的小孩将来会成为江洋大盗，必须在名字里加入“金”字才行（金之助这个名字有点俗气，以至于后来夏目漱石担任东京帝国大学的讲师时，曾因此受到学生的嘲笑）。

金之助的父亲小兵卫直克先后娶过两位妻子，金之助的生母千枝是直克的第二任妻子，生有五男一女，金之助是最小的孩子，本来孩子就多，加之是高龄生产（42 岁），千枝对生下金之助这个孩子倍感耻辱。没想到国民作家夏目漱石一来到这个世上，就成为家里不受欢迎的人。

金之助出生的这一年，江户幕府与天皇之间的争斗日益激烈。1868 年 1 月，幕府的军队与倒幕派在鸟羽、伏见激战四天后大败。4 月 21 日，天皇的军队进入江户城。7 月 17 日，天皇下令改江户为东京。8 月 27 日，天皇即位。9 月 8 日，定年号为明治。10 月 13 日，明治天皇进入东京。从此，日本历史开启了新的篇章，这就是举世瞩目的明治维新。

明治维新使身为名主的金之助父亲不免遭受冲击，家道中落。出生后不久，金之助被送给一户卖杂货的人家做养子，姐姐看见他被放在杂货摊后面的筐里无人照看，觉得可怜，才把金之助带回家。之后，金之助又被送给曾是父亲书童的盐原昌之助做养子，养父母关系不睦，后来离婚。1875 年 12 月，金之助又回到了夏目家。这时金之助 8 岁，父亲已经 58 岁，母亲也已 50 岁，回到家时，他还以为亲生父母是自己的祖父母。生父与养父之间一直不睦，直到 21 岁那年，金之助才正式与养父母解除收养关系，恢复原来的户籍。后来，夏目漱石在小说《道草》中详细描写了自己与养父母之间的故事。夏目漱石的童年经历如此复杂，在他幼小的心灵刻下了深深的烙印。

入 学 生 涯

1871 年，明治新政府设立文部省，着手制定新的学制，设立学校。当时日本仿效法国的学区制，将全国分为 8 大学区，每区设立 1 所大学；每个大学区下设 32 个中学区，每区设立 1 所中学；每个中学区又分为 210 个小学区，每区设 1 所小学。也就是说，日本全国计划共设立 8 所大学、256 所中学和 53760 所小学。当时最先设立的是小学。少年金之助 1874 年（7 岁）进入第一大学区第五中学区第八公立小学，就是位于浅草寿町的户田学校。1876 年 5 月，离开养父母家回到自己家之后，金之助转学到第一大学区第三中学区第四公立小学，即位于市谷柳町的市谷学校。在小学就读期间，1878 年 2 月 17 日，金之助的《正成论》一文刊登在学生们自办的传阅杂志上，这是作家夏目漱石最早发表的文章。1878 年 4 月，金之助又转入第一大学区第四中学区第二公立小学——锦华学校。1879 年 3 月，金之助免试进入东京府立第一中学，这是当时东京唯一的一所中学。

虽然漱石后来曾担任英语教师，研究英国文学，但 14 岁时，因为不喜欢学习英语，他进入了私立二松学舍学习汉学。漱石一生喜爱汉诗文，22 岁时，在创作的汉诗中首次使用“漱石”这一笔名。该笔名取自《晋书・孙楚传》中“漱石枕流”的故事，说的是晋代有个叫孙楚的人，年轻时看不惯世俗的凡庸无聊，欲隐退山水之间，就打了个比方，对他的好朋友王济说自己将“枕石漱流”，却口误说成“漱石枕流”。王济听后，问：“水流可以枕着，石头能用来漱口吗？”孙楚知道自己口误，幸亏他机敏，顺水推舟地解释说："我之所以要枕流，是想洗耳；之所以漱石，是想磨砺牙齿。"孙楚的回答非常巧妙而有学问，虽然出于口误，但用"漱石枕流"却更好地表达了自己不随流俗的意志。由这个笔名可以看出，漱石承继了江户时代知识分子的深厚的中国古典文学修养。

二松学舍是以教授汉学为主的私塾性质的旧式学校。明治维新之后，日本走上文明开化之路，开始接受西方输入的价值观，欧化主义盛行。西学以不可阻挡之势涌来，如果不学习西方科学和外语，就不能升入高中和大学。当时，日本唯一一所大学——东京帝国大学的教师几乎全部都是日本政府雇佣的外教。这迫使金之助不得不舍弃汉学，改学西学。1883 年 7 月，金之助离开二松学舍，转入成立学舍，过起在外寄宿自炊的生活，拼命学习英语。1884 年 9 月，金之助 17 岁，升入东京帝国大学预备校，在这里与日本近代俳句的创始人正冈子规相识，两人成为终生挚友，彼此尊敬，相互切磋，诗文赠答不绝，书信往复不断，堪称日本近代文学史上的一段佳话。金之助 19 岁时因患阑尾炎，升级考试落第，这段经历促使他发奋学习。1887 年 1 月，金之助的成绩年级排名第一，并一直保持到毕业。1890 年，金之助因英语成绩优秀，考取东京帝国大学文学院英文科。进入大学后，金之助一边学习，一边在东京专门学校（早稻田大学的前身）兼课。

1892 年 4 月，为了躲避征兵，漱石提出分家申请，形式上将户籍更改为北海道后志国岩内郡吹上町。因为当时规定，户主户籍在北海道的可以免除兵役，从这时起直到 1913 年为止，漱石的户籍一直都在北海道，其实他从来没有去过那里。

松山、熊本时代与赴英留学

1893 年 7 月，漱石 26 岁，从大学毕业后，随即继续攻读研究生，同时担任东京专门学校、东京高等师范学校的英语教师。据说东京高等师范学校的校长、柔道大家嘉纳治五郎非常喜欢漱石，盛情邀请他前去讲学。这一时期，漱石曾去镰仓圆觉寺的分寺——归源院参禅十余天，但最终未能有所参悟，不过此次参禅对他后来的文学创作产生了很大影响。长篇小说《门》中就有主人公宗助因自己在恋爱问题上所犯过错，内心不得安宁，前往镰仓寺院参禅的描写。

1895 年 4 月，漱石 28 岁时，决定辞去东京高等师范等学校的教职，前往四国爱媛县的松山中学任教。松山是正冈子规的故乡，而且松山中学给予漱石每月 80 日元的高薪（与前任美国教师相同，比校长还高 20 日元）。同年 8 月，子规回松山养病（肺结核），也不回自己家，而是与漱石住在一起，极大激发了漱石进行俳句创作的热情。后来，漱石根据在松山一年的生活经历，创作了小说《哥儿》。29 岁时，漱石又转到熊本的第五高等学校，与贵族议院书记长中根重一的长女镜子（当时 19 岁）结婚。

从 1900 年起，日本政府决定派遣高中教师出国留学，同年 5 月，漱石入选第一批留学生，被派往英国留学，学习英语教学法与英国文学。留英期间，漱石学习刻苦，同时对学习英国文学的意义产生怀疑，加之日本与西方之间巨大的落差给他带来沉重的心理打击，孤独感越发强烈，以致陷入极度的神经衰弱，消息传到日本，甚至有传言说漱石精神失常。此次留学英国，漱石最大的收获就是之后出版的《文学论》一书。在这本理论专著中，漱石试图解答“文学是什么”这一基本问题。回国后，漱石以《文学论》的初稿在东京帝国大学讲授文学理论课程，书于 1907 年正式出版。

1903 年，36 岁时，漱石回到日本，担任东京第一高等学校的讲师，同时作为小泉八云的后任，兼任东京帝国大学讲师，讲授英语和英国文学。

大器晚成的作家

1904年11月，漱石应高浜虚子之约，动笔写作《我是猫》，自1905年1月开始在杂志《子规》上连载。原本漱石只是打算创作一篇“写生文”而已，因受到好评，又写了续篇，《我是猫》最终成为漱石的第一部长篇小说。在《我是猫》的写作间隙，漱石又陆续发表了一系列短篇作品。1905年在《帝国文学》1月刊上发表《伦敦塔》，《学灯》1月刊上发表《克莱伊尔博物馆》，《子规》4月刊上发表《幻影之盾》，《七人》5月刊上发表《琴之空音》，《中央公论》9月刊上发表《一夜》、11月刊上发表《薤露行》。1906年在《帝国文学》1月刊上发表《趣味的遗传》，这七篇作品结集成为《漾虚集》（漱石的书房名为“漾虚碧堂”，语出释云岫诗句“春水漾虚碧”），于1906年出版单行本。

由此，漱石的文学创作欲望被大大激发，一边担任教师，一边从事小说创作。1906年4月发表中篇小说《哥儿》，9月发表《草枕》。大阪《朝日新闻》主编鸟居素川阅读《草枕》之后深受感动，由此萌发了聘请漱石到报社任职的念头。随着漱石的名声大振，不少有志于文学创作的青年开始频繁出入他的门下，向他请教。这些青年有的是漱石在熊本高中教过的学生，有的是在第一高中教过的学生，有的是现在东京帝国大学的学生，还有的是自己登门求教的。漱石非常欢迎这些青年们来访，但每天接待来客影响了漱石的工作，于是由铃木三重吉提议，经漱石同意，商定自1906年11月起，每星期四下午三点以后为共同会面时间，这就是日本近代文学史上著名的“星期四聚会”。

実は僕の家族におとらぬ位僕は
君の[illegible]におどろいて居る。此頃の文
藝の雑誌に君の名が載つて居ない
ことはない。何しろ大にやりたまへ
[illegible]
[illegible]
昨夜は雪
僕の[illegible]
[illegible]
て一夜の雪に焼
け[illegible]
[illegible]。雪中の火事は[illegible]
[illegible]
[illegible]

自分の肖
像をかいた
[illegible]
のが出来
[illegible]
[illegible]
肺病患者
の様だ。君
が僕を[illegible]
[illegible]
今にもつと[illegible]
[illegible]
[illegible]
[illegible]

夏目漱石自画像

内田白间、野上弥生子等小说家，安倍能成、和辻哲郎等学者，包括当时还是学生，后来成为著名小说家的芥川龙之介、久米正雄等都曾参加“星期四聚会”。

1906年3月，为了专心文学创作，夏目漱石辞去教职，受聘进入朝日新闻社，成为专属作家。离开大学，加入报社，成为职业作家，这在当时社会上引起一场轰动。入社之后，漱石发表的第一部作品是长篇小说《虞美人草》，报上刚刚刊登预告，就已经满城皆知，发表后更是受到好评。这个时期漱石最重要的创作成果是在《朝日新闻》上陆续连载的以中青年知识分子的恋爱问题为主题的小说《三四郎》《其后》《门》，后被称为漱石文学的前期三部曲。

《其后》写完不久，漱石应老同学中村是公（时任“南满洲铁道株式会社”副总裁）的邀请，前往中国东北和朝鲜。9月2日启程，10月17日回到东京，共计46天的旅程。回国之后，漱石开始创作《满韩漫游》，自10月21日至12月30日分别在《东京朝日新闻》和《大阪朝日新闻》上连载，不过这个游记只写到抚顺为止就搁笔了。

漱石一直患有胃病，1909年秋天一度发作严重胃炎，只能喝水，不能进食。1910年，漱石43岁，完成小说《门》的创作之后，胃溃疡再次发作，漱石听从医生劝告，前往修善寺温泉疗养，不料在疗养地突发胃出血，一度陷入危笃状态，此次经历对漱石的人生观产生很大影响。

1911年2月间，日本文部省决定授予五六位知名人士博士称号。就在授予仪式举行的前晚，漱石的家人收到文部省书面通知，当时漱石还在医院，第二天一早家人向文部省说明漱石本人因病不能参加。漱石知道此事后，立即给文部省写信，表示希望放弃博士称号。从2月到4月，漱石与文部省之间来回交涉多次，最终此事不了了之。4月15日，漱石发表《博士问题的演变》一文，写道："无论文部省如何，社会如何，我应该有忠实于自己想法的自由。"由这件事，可以看出漱石尊重个人意志、不肯屈从权势的态度。

漱石后期的主要创作是被称为后期三部曲的《春分之后》《行人》《心》。《春分之后》完成后不久，明治天皇于1912年7月30日驾崩，这对漱石这一代明治知识分子来说是不小的震动。在接下来创作的小说《心》中，漱石把主人公设定为在明治天皇驾崩的刺激下自杀。

写就《心》之后，漱石又因为胃溃疡发作，卧床月余。自修善寺大病以来，漱石几乎每年都要病倒，与此同时，从他的文学创作中可以看出其思想日益深化。漱石抱病在各地演讲，1914年11月，应学习院之邀，他做了题为《我的个人主义》的演讲，面对着出身高贵、家境优越的学习院的学生，漱石主张学生们既要尊重自己，也要尊重他人的存在；使用手中的权力，要懂得伴随而来的义务；显示自己的财力，必须履行随之而来的义务。

1915年6月至9月，漱石在《朝日新闻》连载自传体小说《路边草》（即《道草》）。1916年5月开始准备长篇小说《明暗》，这部作品一直写到当年11月21日，第二天漱石就卧床不起。12月9日，漱石因胃溃疡恶化去世，享年49岁。由此《明暗》成为一部未完成的作品，《明暗》既是漱石文学创作的终点，同时又是其在文学创作上的另一巅峰之作。

写作《明暗》期间，夏目漱石共创作了75首汉诗，11月12日漱石写就了生命中的最后一首汉诗《无题》。从临终前一个月创作的这首汉诗中可以看出，漱石感觉自己已经达到无私无我、大彻大悟的境界了。

PART 2

夏目漱石代表作导读

《我是猫》：知识分子的“落语”

长篇小说《我是猫》是夏目漱石的小说处女作。1905年1月，小说的第一章发表于杂志《子规》，因受到好评，漱石此后又创作了十章，继续刊登在《子规》杂志上（分别是2月、4月、6月、7月、10月，1906年1月、3月、4月和8月）。[①]《我是猫》第一卷（第一章到第三章）、第二卷（第四章到第七章）、第三卷（第

① 其中1905年2月刊登了第二章，4月第三章，6月第四章，7月第五章，10月第六章；1906年1月连续刊登了第七、八章，3月第九章，4月第十章，8月第十一章。

八章到第十一章）分别于 1905 年 10 月、1906 年 11 月、1907 年 5 月由大仓书店和服部书店共同刊行，1911 年全一册《我是猫》正式发行。1918 年收录于《漱石全集》第一卷。

杂志《子规》虽然是俳句杂志，但也刊登小说，高浜虚子和伊藤左千夫都曾在此发表过作品。《我是猫》正是高浜虚子劝说漱石创作的，漱石原本只打算写一个短篇，就是 1905 年 1 月发表的版本，这一版本最初题名为“猫”，由高浜虚子改为《我是猫》。因大受好评，漱石陆续又创作了此后的十章，共计十一章。杂志《子规》也因此销量大涨。

小说中猫的原型是漱石 37 岁那年闯进漱石家后就此定居下来的一只黑色野猫。漱石曾在随笔集《玻璃门内》第二十八章讲述自己养猫的经历。他曾经养过 3 只猫，“第一只猫虽然是流浪猫，不过某种意义上非常有名”，由此可以推测《我是猫》的主人公是漱石养的第一只猫。1908 年 9 月 13 日，黑猫去世，漱石给好友发送了猫的死亡通知，还为猫立墓碑，将它埋在书房后面的樱花树下，小小的墓碑上写有一首和歌“此の下に稲妻起る宵あらん”（大意是：也许某夜此下会有闪电），随笔《永日小品》的《猫之墓》一篇中记录了猫死去前后的情形。随笔中写到死期临近的猫眼神暗淡，感觉猫的眼中似乎有微弱的闪电。

位于东京文京区的漱石旧宅“猫之家”保存了下来，如今整体建筑迁移到了爱知县犬山市的明治村，这个旧宅有一个方便猫进出的小门，可以想见当年漱石养猫的情形。后来文豪森鸥外也曾在这个“猫之家”居住。

小说《我是猫》曾两次被改编成电影，分别于1936年、1975年由山本嘉次郎和市川崑导演。

小说《我是猫》中共出现3只猫，主人公“我”是珍野家养的一只公猫，没有名字，是小说的叙述者，不仅博学多识，还通晓天地古今，小说中猫引证或褒贬了荷马、毕达哥拉斯、笛卡尔、尼采、贝多芬、巴尔扎克、莎士比亚、孔子、老子、韩愈、陶渊明等国内外名人名言。三毛子是隔壁二弦琴师傅家的母猫，称呼我“先生”，因重感冒死去。拉车家的阿黑是一只大块头的黑猫，满口粗话，没有教养，举止粗鲁，很怕我，被养鱼人用扁担打得跛了脚。小说中的出场人物有十余位，珍野苦沙弥是猫的主人，文明中学的英语教师，家有一妻三女，性格古怪，有胃病，还有点神经衰弱。美学家迷亭是苦沙弥老师的朋友，喜欢吹牛瞎说，捉弄别人。理学家水岛寒月是苦沙弥老师以前教过的学生，是一位好青年。新体诗人越智东风是寒月的朋友，老家盛产鲣鱼花。哲学家八木独仙，长脸山羊胡，喜欢说些警句。甘木先生是苦沙弥老师的主治医生，性格温厚。珍野夫人头有点秃，个子矮小，听不懂英语，也不理解深奥的话。金田是住在附近的实业家，苦沙弥老师很讨厌他，金田总是想方设法让苦沙弥老师屈服。鼻子是金田的妻子，有个大鼻子。富子是金田的女儿，非常任性。多多良三平是实业家，苦沙弥老师曾经教过的学生。

《我是猫》开头写道：“我是一只猫，还没有名字。”这只无名的猫，主人是中学英语教师珍野苦沙弥。猫出生后不久就被遗弃，为了找吃的误入珍野家后，被女佣赶了出去，但是主人苦沙弥老师决定收留它，于是这只猫——“我”开始报告苦沙弥一家及其友人的事情。

主人苦沙弥老师胃不好，却很能吃；绘画、小提琴等兴趣爱好广泛，但却一事无成。猫觉得，没有比人更加愚蠢、任性的生物。美学家迷亭、理学家寒月、哲学家独仙、诗人东风等一些怪人经常聚集在苦沙弥老师家里，热火朝天地聊些不得要领的事情。猫认为他们都是“太平的逸民”，无所事事。猫有时找隔壁的三毛子聊天，每次心情都很好，可是不久三毛子就病死了。没有了心动的对象，猫心情郁闷，越发像主人一样懒散起来。

猫用非常幽默、又带着嘲讽的口吻报告这些事情，可是自从住在附近的金田鼻子自说自话地把寒月作为女儿富子夫婿的候选人之后，情况发生了变化。金田傲慢地说：“只要寒月做了博士，就把女儿嫁给他。”对此苦沙弥老师非常气愤，婚事就此告吹。之后尽管金田夫妇找各种麻烦，苦沙弥老师也绝不妥协。作为猫的“我”，因为通晓一些读心术，慢慢地也开始以批判的口吻报告苦沙弥老师与金田家之间的纠葛，而且还潜入金田家进行侦察。

一日，珍野家进了小偷，猫发现了小偷，仔细观察见小偷长得很像寒月，最终小偷被捉住了。此时，日俄战争正酣，“我”也作为猫中的东乡大将计划战略性地捕捉老鼠，却并不顺利。猫又决定开始运动，去公共澡堂偷窥，发现一大奇观——原来那里的人们竟然都不穿衣服。

附近落云馆中学的学生把棒球打进了珍野家的院子，苦沙弥老师非常生气。其实这件事也是金田家策划的。古井、浜田、远藤三人给金田的女儿送去情书，想捉弄她，可是事后古井担心署了自己名字的情书被揭发出来的话，会受到处分，跑来找苦沙弥老师商量。

迷亭和独仙下棋时，苦沙弥老师和寒月、东风等开始讨论女性和夫妻的问题。

最终，寒月决定在故乡和父母确定的对象结婚，而富子则和苦沙弥老师的学生实业家多多良三平订婚。虽然苦沙弥老师和他的朋友们对此表示祝福，但是这些“太平的逸民”们多少有些哀伤。我也闷闷不乐，喝了主人喝剩的啤酒晕晕乎乎地掉进水缸里，往生极乐世界了。

作为日本近代国民大作家夏目漱石的成名作，《我是猫》早在20世纪初就被介绍到了中国。最早介绍《我是猫》的是周作人，1918年4月19日，周作人在北京大学做了题为《日本近三十年小说之发达》的演讲，介绍小说《我是猫》由一只猫“记它自己的经历见闻，很是诙谐，自有一种风趣”。1934年，林玖在《东方杂志》第15号上译载了《我是猫》的第一节，这是《我是猫》的第一个中文译本。1936年，《我是猫》的第一个中文译本单行本在日本由东京凤文书院和安田邦文堂联合出版发行，译者为旅日华侨程伯轩和罗茜，不过该作也非全译，只翻译了前五章。周作人曾在《闲话日本文学》(1934)一文中提及漱石作品翻译之难：“翻译漱石的作品一向是很难的，《哥儿》和《道草》，虽有日本留学生翻译了的，可是错误非常的多。由此看来，漱石的文章总像是难于翻译。尤其是《我是猫》等书，翻译之后还能表出原有的趣味，实在困难吧。”

此后到了1942年11月，尤炳圻于天津《庸报》开始连载《我是猫》，直至1943年11月连载结束。读者期盼已久的《我是猫》的译文终于出现，这使尤炳圻的翻译成为当时译坛的一件大事。因小说妙趣横生的行文风格、细致入微的人情世态描写曾让很多中国译者望而却步，尤炳圻《庸报》译本甚至一度在沦陷时期的华北地区引起了一场小论争，为沉寂萧条的译坛注入了些许活跃因素。不过《我是猫》的第一个中文全译本面世，要等到1958年。人民文学出版社编《夏目漱石选集》上卷收录了《我是猫》，译者是尤炳圻和罗雪。从1918年首次由周作人介绍到1958年首个全译本面世，从介绍到节译再到全译，竟历时四十年。

改革开放以后，夏目漱石文学的翻译出现日益繁荣的局面，到目前为止，《我是猫》的中文译本（包括重印再版）已多达四五十种，其中包括1993年于雷的译本和1994年刘振瀛的译本。

译者于雷认为，《我是猫》是大和民族在明治时期精神反馈的“冥思录”之一。面对着明治维新之后社会剧烈的变化，一群穷酸知识分子对于新思潮，“既顺应，又嘲笑；既贬斥，又无奈。惶惶焉不知所措，只靠插科打诨、玩世不恭来消磨难挨的时光。他们时刻在嘲笑和捉弄别人，却又时刻遭受命运与时代的捉弄与嘲笑”。于雷指出，小说手法独特，以猫眼看世界；结构有突破，“可长可短，忽东忽西，并没有一个有头有尾的故事，也谈不上情节进展的逻辑，读来却也津津有味”。语言上“将江户文学的幽默与风趣、汉学的典实与铿锵、西方文学的酣畅与机智熔为一炉”，出神入化。于雷为了翻译猫的自称——日语中的“吾辈”一词，请教日本和国内的专家、作家、编辑，最终从“在下”“咱”“老敝”“咱家”中确定使用“咱家”一词，来体现自诩上知天文、下谙地理的猫的语气和心态。刘振瀛也在译者序中探讨分析了《我是猫》的幽默、滑稽、诙谐的美学特征，指出小说借笔下知识分子之口，嬉笑怒骂、幽默讽刺。于雷译本和刘振瀛译本均堪称《我是猫》的经典名译。

在日本，早在明治初期，文学家就已深受西方绘画透视法及照片摄影的冲击，认为文学也应该采用同样的技法。坪内逍遥基于此创作了《小说神髓》，但是除去二叶亭四迷的小说《浮云》之外，写实主义文学并未就此诞生。明治二十年代（1887—1896）以尾崎红叶为代表的砚友社文学以其华丽的文体风靡一时。进入明治三十年代(1897—1906)，俳句诗人正冈子规不满于这种华丽的文体，主张“写生文”——文章也要如同拍照一般描摹世界。可以说，写生文为明治四十年代前半期（1907—1912）产生并盛极一时的自然主义文学奠定了基础。而夏目漱石的《我是猫》正是基于这一写生文的主张而创作的作品。

同时代的小说家兼评论家上司小剑认为，《我是猫》不矫饰、不造作，平白写实，如饮白水，这种文体之妙并不为所有读者理解。与此同时，《我是猫》情节无头无尾，博人一笑，如同圆游（即三游亭圆游，明治时代的相声名家）的“落语”（相当于中国的相声），不过是知识分子的“落语”，属于高级相声。虽然写生文的名家并不止漱石一人，但都不如漱石的《我是猫》成功，这可能是漱石东京帝国大学教授的身份吸引了读者的缘故。

现在我们阅读《我是猫》，发现小说的语言饶舌又充满讥讽，绝非如白水一般，但是当时的读者，包括漱石自己都认为《我是猫》就属于“写生文”，不仅上司小剑，也有其他评价认为《我是猫》“全篇运笔自然，毫无造作”，“结构平实”，“小说中描绘的人物都滑稽可笑，乐天幽默”，“小说看似无味，实则令人愉快，别具风味”，由此可以看出，当时幽默诙谐被认为是写生文的一大特征。

《我是猫》在杂志《子规》上连载之后，大受读者好评，甚至“猫”都具有了一种特殊的符号学意义，提起“猫”，大家马上就会联想到漱石的《我是猫》。

《我是猫》的创作源于1904年（明治三十七年）初夏，一只猫误入漱石位于千駄木的家，被漱石收养，为漱石带来创作灵感。小说以猫的视角，观察主人文明中学的英语教师珍野苦沙弥的言行举止，以此抒发作家夏目漱石对于当时日本社会的不满，特别是对于那些凭借“金钱”这一文明社会与权力的象征，试图横行天下、为所欲为的金田鼻子等人进行了深刻的嘲讽。与此同时，在苦沙弥老师家里聚集的知识分子们只是喋喋不休地批判金田等人，批判世道人心，终究不过是“太平的逸民”。如果我们把苦沙弥老师视为作家漱石的分身，那么作家通过对苦沙弥这一人物的戏剧化描写，表现出作家对于现实、自我的深刻认识。

日本当代哲学家梅原猛对《我是猫》的评论堪称经典。梅原猛认为，《我是猫》的诙谐之处在于把人拉低到与动物相等的位置，小说中的主人公苦沙弥老师作为漱石的分身，屡屡成为嘲讽的对象，这是当时陷入神经衰弱之中的作家通过自我对象化实现的一种自我疗愈，也就是说，进行自嘲的人是在对那些连自嘲都做不到的人们显示一种优越感。梅原猛说：

> 《我是猫》中所有的一切都通过猫的嘲笑被否定了。可是掀开那层否定的面纱，背后是端坐在价值宝座上的自我。这是一种复杂的间接自我肯定法，是最直白地称自己为神的尼采所无法忍受的、苏格拉底式的间接自我肯定法。苏格拉底“自知自己无知”，可他人却不自知自己无知，以此来显示自己比他人聪明，这种间接自我肯定法，是一种很迂回的自我肯定方式。[①]

苏格拉底的“间接自我肯定法”以是否知道自己无知作为衡量标准，而漱石的《我是猫》则以知道自己无知后，能否对此付之一笑作为衡量标准，也是一种迂回的自我肯定。与此同时，梅原猛将《我是猫》中“笑”的结构总结为，以猫为中轴，将一般认为的价值标准彻底进行反转。一般人认为俗人比“太平的逸民”更有价值，而在“猫”的眼里，“逸民”是嘲笑的对象，不过价值尚在俗人之上，也就是说，俗人的价值跌落得最多。

前田爱也指出，漱石通过《我是猫》的写作对陷入神经衰弱的自

① 梅原猛，笑いの構造　感情分析の試み.角川書店，1972，55頁。中文由著者译出。

己进行自我疗愈。虽然猫总是强词夺理，但是如果那是作家假托猫的口吻，通过强词夺理进行自我疗愈的话，那么猫的逻辑就只能是对日常现实生活的一种歪曲再现。即便是歪曲的再现，也是对现实的一种接受。心理咨询正是通过讲述，进行自我疗愈的典型。在心理咨询时，患者通过讲述，给自己不安定的心理状态在现实中赋予一定的位置，我们听家人朋友发牢骚，其实也是一种小小的心理咨询。

板花淳志则关注《我是猫》中叙述者“猫”的话语，认为二弦琴师傅家里的猫三毛子使用比较高雅的“山手”（东京的高级住宅区）地区的语言，车夫家的猫阿黑使用一般老百姓的语言，而叙述者“猫”在转述军人家养的猫阿白的意见时，其实是对阿白话语的一种引用，也就是说，叙述者“猫”总是受到他者的语言影响。叙述者“猫”和车夫家的阿黑之间有这样一段对话：

“车夫和教师，到底谁了不起？”

“肯定是车夫力气大啦。瞧你家主人，简直瘦得皮包骨啦。”

（中略）

“不过，论房子，住在教师家可比住在车夫家宽敞哟！”

“混账！房子再大，能填饱肚子吗？”①

---

① 于雷译《我是猫》，译林出版社，1996，8页。其中，“肯定是车夫力气大啦！”一句原译为“肯定是车夫了不起啦！”，为了说明原作的修辞技巧，在此笔者采用直译的方法，修改了该句的译文。

板花淳志认为这一段猫的对话所体现出的答非所问，或者说价值不对称正是小说《我是猫》的诙谐幽默之所在。

安藤文人则从叙述学的角度对《我是猫》进行了解读。他认为，《我是猫》中，叙述者与读者之间并非单纯的报告者与接收者的关系，而是一种类似于人际交往的直接交流。当然，这只在作品内部成立，是一种假托、一种虚构。而作家漱石正是通过这种虚构得以脱离现实中的自己，以一只无名的猫的口吻，尽情地进行语言表达。而他的听众，也就是小说的读者，也都是无名的、想象中的存在，从而实现现实中无法实现的叙述者与听众之间顺畅的意见沟通，构筑一种亲密的社交关系。漱石曾经指出，小说的题名如果翻译成英语的话，应该使用"we"这个第一人称复数代词，这里的"we"——我们，也包括读者在内。漱石希望通过这一小说叙述形式实现小说的作者与读者之间的理想关系。

近年来，随着文化研究的兴起，关注《我是猫》创作的历史背景的论文也随之增多。五井信着眼于《我是猫》中苦沙弥老师的香烟由"日出"牌更换为"朝日"牌这一细节，从而发现了小说背后隐含的日俄战争的时代背景。先行研究已经指出，《我是猫》故事情节的时间始于日俄战争正式宣战后的 1904 年 6 月，结束于《朴次茅斯条约》签订后的 1905 年 11 月。就小说《我是猫》的主人公们大量消费的香烟而言，明治初期，政府尚未对香烟收税，自 1904 年 7 月开始，为了确保日俄战争的军事开支，增加财政收入，政府将香烟作为政府专卖物资，仅允许“敷岛”“大和”“朝日”“山樱”四个品牌制造、销售香烟。小说《我是猫》中的苦沙弥老师一定是把囤货的“日出”牌香烟都抽光了之后才改买“朝日”牌的。当时“朝日”牌的香烟20根一盒，价值6日元，以苦沙弥为代表的“太平的逸民”们之所以能够大量消费并不便宜的香烟，是因为他们是高学历、高收入的群体，在日俄战争正酣之际，这一高学历、高收入群体的特权保证他们可以免于兵役。

小森阳一也详细论证了小说《我是猫》对军国主义的批判。小森指出，日俄战争结束时，日本的国家财政状态已经无力再进行战争。虽然在日本海战役中，日军击败了沙皇俄国的波罗的海舰队，但是如果单凭陆军作战，日军一定会战败。因而，虽然名义上，日本战胜了沙俄，但是并未获得任何战争赔款。十年前的中日甲午战争令日本获得巨额赔款，很多日本人仍然幻想着可以通过战争来赚取赔款。1905年9月5日，那些采用了某种手段没有被征兵奔赴战场的日本男性，聚集在东京日比谷公园，召开集会，反对缔结不能获得战争赔款的《朴次茅斯条约》。政府出动了警察，于是参加集会的群众放火焚烧日比谷警署，制造了日比谷暴动事件。而此时，漱石正好在写作《我是猫》的第六章。

于是，夏目金之助将自己的笔名改为谐音的“送籍”，这个“送籍”既是指自己由养父母的盐原家恢复为夏目家的户籍，同时也是指中日甲午战争前一年的1893年，漱石26岁那一年，将自己的户籍迁至北海道后志国岩内。因为当时北海道实行“屯田兵”制度，作为殖民最前线，进行军事化的土地开垦，所以没有实施征兵制。漱石将户籍迁至北海道，等于可以免除兵役。

在小说《我是猫》中，漱石特意提及此事。

“不久前我有个朋友叫送籍，写了《一夜》这么个短篇小说。谁看都稀里糊涂，不得要领，便去见作者，盘问《一夜》的主题思想是什么。作者说，连他自己也不知道，便未予理睬。的确，我想，这大概正是诗人的本色。”

“也许他是个诗人。不过，可是个特号怪物呢。”主人说。

“是个蠢材！”迷亭干脆“枪毙”了送籍。

东风君觉得这么几句，还评得不够周全，便说：

“送籍这个人，就连在我的伙伴当中也是不被理睬的。还是请诸位稍微细心些谈谈我的诗作吧！请特别注意的是‘凄苦的尘寰’与‘火热的一吻’，采取了对仗的笔法，是我心血的结晶。”（中略）

主人不知想起了什么，突然站起，去到书房，没多大工夫，又拿着一张纸条走来。（中略）苦沙弥先生终于开始读他那篇亲笔名作了。

“‘大和魂！’日本人喊罢，像肺病患者似的咳嗽起来。”

“简直是突兀而起！”寒月夸奖说。

“‘大和魂！’报贩子在喊。‘大和魂！’小偷在喊。大和魂一跃而远渡重洋！在英国做大和魂的演说；在德国演大和魂的戏剧。”

“果然是胜过天然居士之作。”这时，迷亭先生挺起胸膛说。

“东乡大将有大和魂；鱼铺的阿银有大和魂；骗子、投机家、杀人犯，也都有大和魂！”

“先生，请补上一笔，我寒月也有大和魂。”[①]

此处，我们可以看出漱石对于战时狂热的民族主义情绪的辛辣讽刺：因为是日本人，所以获胜了；因为具有大和魂，所以获胜了；战胜俄国，成了一等国。但是大和魂果真如此值得自豪吗？只要是日本人，就一定每人都拥有大和魂吗？如果说率领海军战胜波罗的海舰队的东乡大将因为具有大和魂，所以打了胜仗，尚可理解。可那些参加日比谷暴动事件的民众同样也是日本人，其中不乏城市底层的劳动者，那就是说“鱼铺的阿银有大和魂”；骗子、投机家、杀人犯也都是日本人，因此也应该都有大和魂。如此一来，每一个出征的象征着“大和魂”的日本军人与杀人犯就没有不同了。

小森阳一认为，漱石通过唤起读者对当时社会背景的关注，巧妙地在《我是猫》中对帝国主义战争进行了批判。能够在狂热的民族主义氛围中保持清醒的头脑，不失批判意识，并通过自己的小说巧妙地向读者传达这种批判精神，此一难能可贵之处足见漱石这位作家的伟大。

---

① 引自于雷译《我是猫》，译林出版社，1996，187—189 页。

《哥儿》：庶民的文学

小说《哥儿》于1906年（明治三十九年）发表于杂志《子规》第9卷第7号的附录上，是漱石用了不到十天的时间写就的中篇小说。发表前，漱石曾经委托编辑高浜虚子修改其中的松山方言，不过据日本学者渡部江里子考证，与漱石手写原稿对比后发现，高浜虚子的校订不仅仅停留在方言层面，甚至还有一些原作语句的修改。

刘振瀛在小说《哥儿》的"译后记"中指出，《哥儿》翻译之难在于小说的文体和语言特色。小说采用"哥儿"第一人称的自叙口吻，主人公"哥儿"不是《我是猫》中出现的高级知识分子，反倒充满庶民精神。翻译时"粗不得、雅不得的。过粗则不合哥儿作为中学教员的身份；过雅又会有损于哥儿的庶民本色。过于书面语化，会失去哥儿那种明白如话、径情直行的口吻特征；过于口语化了，又会显得语言拖沓，失去原文蕴含的余味"。《哥儿》中的滑稽幽默感，移植到汉语中来，也容易黯然无光。特别是谐音词、俏皮话引起的谐谑的表现，利用东京话与地方话的对比，表现哥儿轻佻自负的一面等等，如何精准地传达原作的神态，十分困难。应该说刘振瀛的《哥儿》译作堪称佳作，而他所说的翻译之难，则很好地总结了小说《哥儿》的语言特色。

1907年1月1日由春阳堂刊行的作品集《鹑笼》中收录了小说《哥儿》，此后《哥儿》也曾多次作为单行本出版。

小说描写"我"这个"江户人"，从小冒冒失失，没少吃亏。父亲不喜欢"我"，母亲也偏袒哥哥。母亲临死前几天"我"还惹她生气，母亲死后，父亲甚至声称要与“我”断绝关系。女佣阿清哭着替我求情，才让父亲打消了这个念头。阿清对“我”十分疼爱，常常夸“我”为人正直、天性善良，说“我”将来一定有出息，到时候要收留她，“我”只是随口应付了事。

“我”中学毕业的时候，父亲因病去世，哥哥把家里的房产变卖后，去九州的公司工作了。临走前，哥哥给了我600日元，说以后两不相欠。阿清说在“我”自立门户之前，不能成为“我”的负担，住到了她的外甥家。于是，“我”用哥哥给的这笔钱做学费，进了东京的物理学校读书。毕业时校长问“我”是否要去四国的松江中学当数学老师（月薪40日元），“我”二话不说就答应了下来。阿清舍不得“我”走，在车站流着泪为“我”送行。

在“我”眼里，四国这个乡下地方十分不开化。“我”一周要上21节课，又给学校的老师都取了绰号，校长叫“狸猫”，教导主任一年四季穿着红衬衫，叫“红衬衫”；英语教师脸色发青叫“青南瓜”；数学科主任堀田则是“豪猪”。第一次上课还算顺利，但临走时学生问了一道题，“我”坦言不懂，受到一通嘲笑。不仅如此，因为地方小，连出门吃了4碗天妇罗炸虾荞麦面、2碟丸子，在温泉里游泳的事都被学生知晓，拿来当笑料。工作不顺，生活上也不甚如意：虽说在“豪猪”的帮助下找到了住处，但房东阿银不仅擅自喝“我”的茶，还一个劲地劝“我”买他收藏的古董，令“我”十分厌烦。

“我”第一次值班那晚，饭后去温泉的路上遇到了“豪猪”。他劝“我”不要在值班时外出，但“我”并没有听从他的建议。晚上睡觉时，“我”发现被子里全是蝗虫，叫来的六个学生代表却都装得若无其事。随后楼上的学生高声起哄，故意让“我”不能安睡。“我”抓不到肇事者，于是盘腿坐在走廊中央，等到天亮时，几个学生一开门“我”便抓住他们，一个个带进值班室审问。校长听了“我”的汇报后，说日后再讨论如何处理。

“红衬衫”约“我”去钓鱼，同去的还有吉川君。钓鱼时，“我”发现他们在偷偷谈论“我”。“红衬衫”暗示“我”，是“豪猪”挑唆学生与“我”作对。“我”非常气愤，第二天便和“豪猪”大吵一架。下午开会讨论如何处置夜里捉弄“我”的学生时，其他老师纷纷站在“红衬衫”一边，只有“豪猪”站出来公开支持“我”，“我”十分感激，校长最终决定让学生向“我”道歉，但是也告诫“我”作为教师不要随便去餐饮店。

“青南瓜”帮“我”找到了新的住处，“我”从房东婆婆那里得知，“豪猪”和“红衬衫”关系不好竟然是因为“红衬衫”抢了“青南瓜”的未婚妻玛利亚。“我”在车站遇到了“青南瓜”，随后又遇到了玛利亚和“红衬衫”，内心对“青南瓜”充满同情。回来的路上，我在河道散步，偶然看见“红衬衫”与艺妓厮混。

一天，“红衬衫”请“我”去他家，告诉“我”学校决定将“青南瓜”调至日向，所以将会提高“我”的待遇。“我”有些莫名其妙，回家后房东婆婆告诉“我”，这是因为“青南瓜”的母亲向校长请求涨工资，校长听了“红衬衫”的主意，决定把他调到偏僻的日向。“我”为“青南瓜”抱不平，便又返回“红衬衫”家，声明拒绝加工资。

"豪猪"发现他误会了"我"，于是来向"我"道歉。我们商量好在"青南瓜"的欢送会上发表一篇赞扬"青南瓜"的演讲，讽刺"红衬衫"等人。战争大捷庆祝会那天中午，在街道路口，本校学生与师范学校的学生发生冲突。"红衬衫"的弟弟谎称学生打架，叫"我"和"豪猪"前去阻拦，结果陷入学生的厮打之中。第二天报纸上出现了"我"和"豪猪"教唆学生闹事的新闻，"豪猪"被迫辞职。"我"去找校长谈判未果，决定与"豪猪"一起揭露"红衬衫"的嘴脸，抓住他去找艺妓的现场。

"我"和"豪猪"潜入温泉镇旅店二楼，监视几天后，终于当场抓住"红衬衫"和吉川与艺妓来往，将两人打了一顿。"我"和"豪猪"告诉"红衬衫"，"既不躲藏，也不逃避"，让他们去找警察，可是"红衬衫"自觉心虚，并没有声张。

"我"随后辞职回到东京，在电车公司找了技术员的工作，和阿清一起生活。阿清非常高兴，可遗憾的是她二月份就因患肺炎去世，"我"按照她要埋在"我"的檀越寺的遗言，将她的墓设在小日向的养源寺内。①

《哥儿》出版后，自然主义文学的代表作家兼评论家正宗白鸟在题为《大学一派的文章家》的评论中指出：

---

①《哥儿》第6章中提及，哥儿父亲的葬礼是在小日向的养源寺举行的。由此可知，哥儿家所属的寺院就是小日向的养源寺。

漱石如今不仅是大学出身文人中最受欢迎的作家，就整个文坛而言，也是屈指可数的流行作家。漱石近来创作颇丰，杂志《子规》大半刊载的都是漱石的作品。他的作品不是拾西方文学牙慧，而是开拓出一片自己的新天地，这在大学出身的作家中极其少见。（中略）在我阅读的作品之中，《我是猫》最为出色，小说当中数4月份刊登在《子规》杂志上的《哥儿》最为有趣。近来其他文学家大多或是触及人世社会的问题，或是描写烦闷、痛苦、人生的深层意义，而漱石的作品则完全不同，万事均试图看其滑稽可笑之处。这虽是因为漱石富有俳谐的趣味，却也并非脱俗、并非以谐谑的态度观看人生。作品全篇的结构、首尾一贯的笔调没有完全滑稽谐谑，而是作品的各个部分富于滑稽的观察。例如《哥儿》这部作品，也并非作品中的人物本身滑稽，而是作家以冷笑的态度进行批判，甚至加以刁难讥讽。

漱石发表《哥儿》的1906年，全日本仅有东京帝国大学与京都帝国大学两所大学，正宗白鸟所说的“大学出身的文人”指的正是东京帝国大学的毕业生，他们可以说是日本帝国的超级精英。明治维新以后创立的大学一直是学习西方学问的西式学校，因而才有白鸟“他的作品不是拾西方文学牙慧”这样的评价。杂志《子规》的主编高浜虚子是正冈子规的弟子、夏目漱石的友人，正是在他的鼓励之下，漱石才创作了《我是猫》。因而，漱石的作品经常发表在该杂志上。4月份的《子规》杂志卷首刊登的是《我是猫》的第十回，附录则收录了《哥儿》，因而会令正宗白鸟感觉整个《子规》杂志都被漱石的作品占领了。

正宗白鸟对漱石的评论绝非夸大其词，当时的确无论学者、商人、书生、小童都爱读漱石的作品。那么读者是如何看待“哥儿”这一人物的呢？当时有评论说，哥儿长大以后就是苦沙弥老师，迷亭、寒月等《我是猫》中的其他人物都与哥儿有亲缘关系，而苦沙弥老师又进化为《野分》中的主人公道也学士。的确哥儿、苦沙弥老师、道也这三人性格都有些乖僻，可以说苦沙弥老师是学者中的哥儿，而白井道也则是追求道义的苦沙弥老师。

同时代评论中还有学者关注《哥儿》的叙述问题，认为作品中的“哥儿”这个人物与作为叙述者的“哥儿”存在矛盾之处，就是说，作为作品中的人物，“哥儿”从未觉得自己滑稽可笑，而作为叙述者的“哥儿”却充分意识到了“哥儿”行为的滑稽之处，不仅对此进行分析批评，甚至还加以主观的褒贬评论。其实这是第一人称叙述的小说常见的问题，即便小说中的人物精神错乱，叙述者在叙述时也一定是思路清晰地进行叙述。关于这一问题，近百年后，学者小森阳一对此给出了自己的答案。

小森认为，正是在四国的经历使“哥儿”学会了这种表里不一的话语，才有了小说中的叙述。例如小说开头写道：

读小学时，曾经从学校的楼上跳下来，摔伤了腰，躺了一个星期。也许有人问：“干吗要那样胡来？”没有什么特别的理由，当我从新建的二层楼上向下探头探脑的时候，同班一个学生开玩笑地喊着：“别那么飞扬跋扈，谅你不敢从那儿跳下来。胆小鬼！”①

小森阳一认为，此处先是叙述“哥儿”自己从学校二楼跳下去的行为之后，想定一个质问为何会有这种冒失行为的他者，接下来对跳楼的行为进行解释。也就是说，《哥儿》的叙述中，一直想定着一个会质问叙述者行为理由的潜在的听众，这个听众会批评“哥儿”的行为鲁莽，因而是一个具有常识的他者。开头这一段中这个听众以“有的人也许会问”的形式直接出现，之后在小说中则作为叙述者想象中的听众，促使《哥儿》中反复出现“因为……所以……”这样的句式，不断对自己行为的理由进行解释。这个潜在的听众按照现在的文学理论，相当于小说内化的读者。

小森认为，这个潜在的听众所具有的常识，是指人们对于他者的话语，不从字面理解，而是意识到字面背后隐藏着说话人真正的意思和意图，这是社会中的常识。如果一个人仅仅能理解其他人话语字面的意思，一定会被认为有病。小说《哥儿》的叙述者已经充分意识到了这个具有常识的他者，换句话说，那个受大家喜爱的鲁莽的“哥儿”在进行小说的叙述时，已经不再是“哥儿”了。

那么，“哥儿”何时学会了这种社会常识呢？是通过在四国的经历，通过教务主任“红衬衫”的话语，通过教师大会上大家的发言方

---

① 陈德文译，《哥儿·草枕》，海峡文艺出版社，1986，第1页。

式。教师大会上，发言者充分意识到“公”“私”之分，在冠冕堂皇的话语背后隐藏自己的“私心”。每个成年人都会习得这种讲话方式，而对这种讲话方式不以为意的哥儿，一方面令读者感觉其缺乏社会经验，同时又令人觉得痛快。不过，最终哥儿通过在四国的经历习得了这种社会上的常识。

因此，小森认为，《哥儿》这部小说的叙述者保持着自始至终不变的性格和逻辑，而站在具有常识的旁观者的立场来看，主人公“哥儿”最初那种正直而单纯的优点在与社会、与他者的话语产生关系之后逐渐丧失，因而小说描写的是“哥儿”变化的过程。不过，小森阳一同时指出，叙述者“哥儿”想象着具有常识的他者会是自己的听众，从而对自己的行为所做的各种解释，很多算不上是解释，而叙述者却一本正经地进行着说明，不禁令人发笑。也就是说，“哥儿”其实并没有完全长大成熟。

一般认为，小说《哥儿》描写生性鲁莽的江户人“哥儿”父母去世后，家人离散。因为江户人具有的正义感，“哥儿”在任教的四国中学与私下捣鬼的教务主任“红衬衫”一派进行斗争，最终痛快败北回到东京的故事。“哥儿”是一个充满正义感的青年教师，小说描写了他眼中大人世界的肮脏。

不过关于小说《哥儿》也有很多令人耳目一新的解读。平冈敏夫认为，《哥儿》属于佐幕派的文学。小说呈现哥儿与“红衬衫”对峙的构图，与旗本武士出身的哥儿同为一派的有会津出身的“豪猪”、曾经是名门望族的女佣阿清、松山藩的士族“青南瓜”，他们都是明治维新之际拥护江户幕府的佐幕派。平冈敏夫指出：

> 明治文学可以称为佐幕派的文学。在萨长藩阀主宰的明治政府统治下，佐幕派的子弟失去了出人头地、扬名于世的机会，因而在精神层面努力，很多人成为文学家、宗教家。在小说《哥儿》的世界中，与“哥儿”一派对峙的是校长“狸猫”和教导主任“红衬衫”，还有巴结奉承他们的小丑美术老师。居住在旧府邸街区的英语老师“青南瓜”有着旧时士族的形象，他帮“哥儿”找的寄宿之处与古董商阿银家不同，是一个高雅的落魄士族之家。（中略）“哥儿”从佐幕派的立场一方面批判一心想着出人头地的俗人，一方面基于自己的身份，又可以批判市井平民百姓。[①]

的确，聚焦哥儿作为佐幕派士族的身份之后，小说中两派相斗的构图更加清晰了。

而石原千秋则认为，小说中的哥儿及哥儿屡屡想起的女佣阿清都有一个出人头地的梦想，可以称其为“山手志向”。小说第一章中介绍阿清：

---

① 引自『坊っちゃん』試論——小日向の養源寺——（1971年1月『文学』）平岡敏夫『漱石ある佐幕派子女の物語』、おうふう、2001，67—68页。中文由著者译出。

不料这个女人联想力很强，进而问我："你喜欢哪里？麴町还是麻布？在庭院装个秋千玩玩吧。西式房子有一间足够啦……"她倒一个人随意做起计划来了。[1]

阿清这里所描绘的完全是东京山手高尚街区的景象，可以看出阿清对山手区的憧憬。麴町和麻布都位于山手街区，阿清想象的房子就是被称为"文化住宅"的典型的山手住宅。明治时代，日本全国各地的优秀人才汇集东京，成为日本社会的领导阶层，他们大多居住在江户时代大名府邸聚集区的山手一带。麴町距离政府机关比较近，官员多居住于此；赤坂、麻布在练兵场附近，军人居住较多；外围的青山一带则多为实业家居住。可以看出，不同街区代表着居住者的不同身份，街区的名字与出人头地的梦想就这样联系在了一起。

阿清住在她的外甥家里，经常跟她的外甥夸赞"我"："将来毕业后能够在麴町那里买一座大宅子，而且很可能会在政府机构工作。"阿清对哥儿将来一定会出人头地、成为杰出的人深信不疑。而当时在政府机构工作，就是出人头地。阿清把麴町这个地名和在政府当官联系起来，说明当时的人都有这种认识。哥儿虽然没有到政府里做官，不过从物理学校就是今天的东京理科大学毕业后成为中学教师，说明哥儿曾经也想不辜负阿清的期望，因为"红衬衫"说过"本来中学教师就属于社会上流人士"。当时物理学校的毕业率很低，仅有两三成

---

① 陈德文译，《哥儿·草枕》，海峡文艺出版社，1986，第5页。

的学生能够三年按期毕业。哥儿不仅三年按时毕业，而且校长还亲自给他介绍工作，说明哥儿是一名优秀的学生。当时物理学校虽然是专科学校，但是毕业生可以直接做中学教师，其实就相当于现在的大学本科。

但是来到四国，在中学任教之后，哥儿看清了所谓出人头地的道路。在松山，哥儿的另一种身份意识愈发强烈，那就是作为江户人的自我认识。来到松山后，哥儿经常意识到自己是一个江户人，在与“豪猪”分手时，“豪猪”问哥儿：

“你到底是哪里人？”

“我是江户哥儿。”

“唔，江户哥儿？怪不得寸步不让。”

“你是哪儿？”

“我是会津。”

“会津汉子，这样执拗。”[1]

哥儿没有回答自己是东京人，而说自己是江户人，这里的地名不再具有中央与地方区分之意，而是与某种性格气质联系起来。从这个意义上，小说《哥儿》讲述的并不是江户人哥儿在松山大展身手的故事，而是出身于山手地区、曾经有过出人头地梦想的哥儿在四国乡下

---

① 陈德文译，《哥儿·草枕》，海峡文艺出版社，1986，第 73 页。

经历了各种事情之后，不得不最终选择“江户人”立场的故事。

石原认为，阿清曾经相信“性格直率、品行好”的人一定会出人头地，所以梦想着哥儿将来会在山手地区有一幢自己的房子。但是当她从哥儿那里听说了松山的经历之后，才意识到哥儿的命运才是“性格直率”、正直的人的命运，所以她不再抱有幻想，对住在“没有玄关的房子也很满足”。阿清意识到了期待与现实之间的差距，读者则从她的喜悦中看到了她的断念和放弃。

石井和夫则认为，《哥儿》是一部戏说的“贵种流离谈”。哥儿说明自己的出身是江户人——旗本士族——多田满仲——清和源氏，简而言之就是出身高贵，小说《哥儿》讲述的就是哥儿这个贵族后裔落魄流离的故事。而小说的幽默感与小说中的歧视性用语有着密切的关系，哥儿肆无忌惮地看不起其他人，言语粗暴，这一方面塑造了哥儿爽朗明快的人物形象，一方面又使这部小说“劝善惩恶”的色彩大打折扣，某种意义上可以把小说《哥儿》看作是“生性鲁莽”的“我”讲述其种种粗鲁行为的“恶汉”小说（picaresque novel）。这样一部“恶童物语”的主人公哥儿讲述的“贵种流离”故事，明治以来被奉为“国民小说”，受到广大日本读者的喜爱，不能不让我们重新拷问近代国民国家所遮蔽的诸多问题。

生方智子的论文则进一步强化了从“国民文学”这个概念来看待小说《哥儿》。生方认为，大多数读者都发现了阿清对于哥儿的喜爱，阿清告诉哥儿“正直是正确的”，为了保证阿清的观点能够成立，小说设定了反面教材，于是小说建构了“正义、正直、喜爱、男人——

邪恶、谎言、嫌恶、男妓”这样一种对立的构图，在这组对立关系中，毋庸置疑前者是“善”，后者是“恶”，读者都被纳入这一价值共同体之内，接受这一价值判断。

而小说中通过“江户人”一词反复强调的“历史的连续性”，正是国民国家为了建构自己的身份所主张的概念。哥儿将四国这一空间作为否定的对象，通过暴力的压制，来获得自我同一性，这与国民国家日本通过殖民地统治获得作为帝国主义国家的身份认同如出一辙。而对正直的哥儿的行为予以肯定、与阿清的情感产生共鸣的读者共同体正是国民这一想象中的共同体的延续。

与以上政治色彩强烈的解读不同，芳川泰久关注作为报纸连载小说作家的夏目漱石。芳川认为在夏目漱石正式加入朝日新闻社之前创作的小说，例如发表在杂志《子规》上的《哥儿》巧妙地将报纸上的新闻报道融入小说之中。哥儿回到东京后，成为电车公司的技术员。看到这里，1906 年 4 月刊《子规》杂志的读者马上就会联想到之前报纸报道的日比谷暴动事件及反对电车票价涨价的东京市民大会。

日本的报纸通过日俄战争期间的战争报道迅速提升了在民众中的影响力，销量大涨。哥儿是在日俄战争停战和约签订之后去的四国，小说中还特地提及庆祝日俄战争胜利的集会。而且描写发生在四国的事情时，多次使用“敌地”“决战”等战争用语。从这个意义上，可以将小说《哥儿》看作是描写发生在四国这一“敌地”的小小战争的小说，而小说中最后哥儿、“豪猪”与“红衬衫”一派的战斗就如同日俄战争中日本舰队打击波罗的海舰队之战一般。总的来说，漱石的小说在提及战争之时，大多采取批评的态度，与此同时，漱石在创作小说之时又最大限度地利用了日俄战争的新闻价值。

《草枕》：“非人情”之乌托邦

小说《草枕》于1906年发表于杂志《新小说》，1907年收录于短篇小说集《鹑笼》，1914年由春阳堂刊行单行本，1917年收录于漱石全集第二卷。根据漱石的书信，可知该作于《我是猫》完稿十天后的1906年7月26日开始创作，8月9日完稿。该作取材于夏目漱石在熊本第五高等学校任教期间，1897年年底与友人山川信次郎一起去熊本小天温泉旅行时的经历。作品中出现的“那古井温泉”就是以熊本县玉名市的小天温泉为原型的。

小说开篇便指出：无论偏重知、情、意哪一方面，人世都会难居。一个30岁的西洋画画家梦想着能够进入东方式的“非人情”的境地，来到那古井温泉旅行。前往温泉的路上突遇骤雨，路过的赶马人告诉“我”，前方三四里处有一家茶馆。茶馆的老婆婆又告诉“我”，这里只有志保田先生经营的一家旅馆。赶马人也来到茶馆，他叫源兵卫，认识志保田家。茶馆老婆婆向“我”介绍，当年志保田家的小姐出嫁时就是源兵卫牵马送的，小姐本来有心上人，但是按照父母的意愿嫁给了城里数一数二的大财主，可是日俄战争后，丈夫供职的银行倒闭，小姐又回到了那古井娘家。

晚上，“我”终于到达那古井的旅馆。第二天一早“我”去澡堂，泡好澡也懒得擦拭身子，一拉开浴室的门，面前竟站着一位陌生的女子。女子问“我”：“昨夜睡得可好？”还没等“我”回答，就转到“我”的背后，为“我”披上衣服。“我”心想，如果把这位女子的瓜子脸、如富士山般的发际画出来一定很美。

这家两层楼的旅馆很大，温泉澡堂也很大，但是好像只有“我”一位客人。到房间为“我”送午餐的不是早上的女子，而是女佣，“我”有些失望。女佣告诉“我”，家里的年轻女子是那美小姐，回到娘家后，每天做做针线活，或者弹弹三弦琴，偶尔也去寺院。

“我”去理发时，剃头师傅聊起那美小姐，说她举止奔放，被村里的人视为狂人，的确那美不同寻常的举动每每令“我”大为吃惊。一日，“我”在温泉泡澡时，一个女子走了进来，“我”在弥漫的水雾中欣赏那雪白的身影，担心离得太近会堕入俗界。没想到女子飒然起身，离开了浴室。

因为比起难以脱离俗世的西方艺术，“我”更加喜爱超凡脱俗的东方艺术，所以在那古井，“我”创作汉诗和俳句的诗兴大发。一次，“我”回到房间，发现自己没有写完的诗被人续写了。

一日，“我”在读书，那美小姐未邀而至，与“我”聊天。那美告诉“我”，附近有一处镜池，希望“我”能够为她画一幅画，画面上是她投身镜池后，身体漂浮在水面上的情景。

“我”来到镜池边，想象着一位美女漂浮在水面的样子，总觉得如果那女子是那美小姐的话，怎么也构思不出表情该如何处理。现在的那美小姐的表情中似乎缺乏一点“哀怜”的成分。

一日，“我”去爬山，累了，躺在草丛中，休息作诗，无意中看见那美小姐和一个村野武夫模样的人相会，那美拿出钱包交给了男子。男子走后，那美走到“我”身边，原来她知道“我”在这里，她告诉

“我”那男人是她的前夫，现在家境没落，没有钱，在日本待不下去，决定到中国东北去。我和那美一起回去，路上那美为表弟久一带去践行的礼物。

“我”、那美的父亲、那美、那美的哥哥，还有照看行李的源兵卫一起为应征奔赴中国东北战场的久一送行。一行人坐在车站前边的茶馆里，悠闲地吃着艾叶饼，喝着茶。大家把久一送上车，就在车子缓缓开动、最后一节三等车厢从我们面前经过的时候，车窗里露出一个面孔，正是那个村野武夫——那美的前夫。那美茫然地目送着奔驰而去的火车，神情里奇妙地浮现着一种“我”从前未曾见过的怜悯之情。“有啦，有啦，有了这副表情就能作画啦！”我拍着那美的肩头小声说道，在这一刹那间，“我”心中的画作终于完成了。

1906年是夏目漱石在文坛大放光彩的一年，除这年夏天《我是猫》的连载结束之外，4月份《哥儿》出版，5月份收录7篇短篇的《漾虚集》刊行，9月份发表《草枕》，10月份发表《二百十日》。这一年不仅是高产的一年，同时每部作品都风格迥异，充分展现出作家夏目漱石丰富多面的创作才能。有趣的是，这时的文坛评论中，出现将夏目漱石与泉镜花[①]相提并论的文章。“漱石和镜花有着共通之处，这从二人的作品中可以看出。漱石的《一夜》《琴的幻音》，以及《草枕》

---

① 泉镜花，跨越明治、大正、昭和三个时代的伟大作家。他开创了日本的“观念文学”，最具代表性的作品有《妇系图》《歌行灯》等。

都和镜花的作品十分相似。只不过镜花是天才，而漱石是智者；镜花极其妖艳，而漱石精于俳句，故而淡然。镜花描写变幻怪奇超乎常人，而漱石洞悉世态运笔描摹，故而长于说理。”今天的研究者从来不会将泉镜花与夏目漱石这两位总体而言创作风格相距甚远的作家相提并论，而在那个时代，卓然超群、文学成就斐然的两位作家令读者将他们联想在了一起。

这一年，尤其是《草枕》深受文坛好评。有评论认为，《草枕》深得冥思之理趣，造诣深厚，其题材是于幽谷中求佳人，在自然的寂寞端肃之中描写人事的复杂变迁，已超越镜花，直逼露伴[1]。镜花之未能描画、露伴之描画而有损诗境之处，经漱石之妙笔，深得不着一字的诗趣神韵，而补二家之阙。这一评论不仅将漱石与泉镜花相提并论，更将漱石与幸田露伴相比，这说明《草枕》一篇确立了漱石在文坛的地位，大有超越镜花与露伴之势。当时的评论也注意到了《草枕》中反复提及的“非人情”这一关键词，认为“非人情”是“以美为美，不动爱欲及喜怒哀乐之情；或虽然情动，而立于第三者从容之地，从艺术上进行玩味之境地”，“非人情”这一关键词成为引发文坛对《草枕》一篇进行充分关注的主要原因。

现在对《草枕》的解读一般认为，小说描写一位年轻的西洋画画

---

① 幸田露伴，日本小说家。他从小受到中日古典文学的熏陶，文学造诣颇深，与森鸥外、尾崎红叶等人齐名。其代表作有《五重塔》《命运》等。

家“我”，厌恶20世纪的文明，来到那古井的温泉旅馆，遇到一位名叫那美的不可思议的女性。画家试图从那美身上发现“非人情”之美，可那美受文明之累，自我意识过剩，令画家无法把握。小说最后，那美在车站目送前往战场的前夫时流露出的表情，终于呈现出一种处于忘我之境的“哀怜”，达成了“我”期待已久的具有东方之美的“非人情”的境地。《草枕》是一部没有情节、没有故事进展的小说，也有人称之为“俳句式的小说”。小说描写了一种乌托邦，表明了作家与当时文坛盛行的自然主义文学截然相反的立场。夏目漱石自己也明确表示：“我的《旅宿》（即《草枕》），是反世间普遍认为的小说之意而创作的。只要一种感觉——美的感觉能留存在读者的脑海里即可。”

片冈丰认为，小说描写的是画家在与他者的关系中进行的自我救赎之旅。这里所说的他者指的就是那美。画家通过把人也看作是与自然相同的东西，从而将自然与自己之间形成的毫无龃龉的调和关系，也适用于他者与自己之间。在《草枕》中，20世纪的文明社会是值得批判的对象，画家厌恶这个文明社会，因而出来旅行。旅途中，画家对他者采取“非人情”的态度，试图彻底断绝与他者的联系，与此同时，那美也与画家一样，深知20世纪现实社会的生存困境，但同时又意识到自己无法脱离这个现实社会。画家通过拯救那美，也拯救了自己。小说中描写山茶花落入镜池中的场景，一般认为这里充满死亡的意象，而片冈丰认为，漂浮在水面上的山茶花象征的是无法彻底死去的人，因而那古井对于画家来说，是他重新确立自己与他者关系

《奥菲利亚》

的“再生”之所。

东乡克美则认为《草枕》中反复出现的“水”和“睡眠”都与“死亡”相关。画家认为“20世纪需要睡眠”，这是一种对于“无意识”“无时间”“静止”与“停止”的渴望，这个“睡眠”进一步发展下去，就是如睡眠一般的死亡。画家将米莱斯①的名画《奥菲利亚》中浮在水面上的奥菲利亚与那美的意象重合，从而创造出一个日本式的奥菲利亚画像。对于画家来说，乌托邦是通过梦想实现的，画家潜意识中希望自己可以像奥菲利亚一般，或者说可以和奥菲利亚一般的人一起漂浮在春天的水面上。

前田爱发现了漱石《草枕》中的两处错误：首先米莱斯名画中的奥菲利亚并非“双手合十随波漂荡”。前田爱认为，正因为漱石过于纠结奥菲利亚的死亡意象，所以才出现如此错误。米莱斯的画作由花、水、奥菲利亚三个要素组成，三个要素都代表着性与死亡两个意象。画家拘泥于在生死两极之间撕裂的奥菲利亚形象，从而觉得那美变换自在，无法把握。那美挑起了画家对于性的憧憬，或者说那美将水中美女的意象转化成了性的意象。因而，那美拯救了画家。《草枕》中的另一处错误是一行人乘船送青年久一上战场的场景，那古井应该是面向有明海的，所以不可能有乘船顺流而下的过程。前田爱认为，作家无论如何都想把那古井描写成世外桃源，因而沿用了《桃花源记》

---

① 约翰·埃弗里特·米莱斯，19世纪英国画家，拉斐尔前派创始人之一，以画风细腻著称。其代表作有《盲女》《奥菲利亚》《释放令》等。

中顺流而下的描写，作家需要通过这个顺流而下的旅程，让画家从奥菲利亚的死亡意象中解脱出来，得到救赎。

中山和子则从女性主义批评的视角指出，画家其实是一个不能成为“男人”的男人。小说《草枕》中的时间设定为 1904 年或者 1905 年的春天，此时正值日俄战争，画家既不属于参与战争的群体，也不属于抵抗战争的群体，完全置身事外，因而中山认为他是偏离明治社会性别规范的“亡命者”，是不能成为“男人”的男人。而《草枕》中描写镜池的场景：“那颜色不是普通的红色。那红色是遭受屠戮的囚人的血，兀自招惹人眼，兀自在人的心中制造不快，那是一种异样的红色啊！”“又是一大朵像涂着血的灵魂一般落下来。又落下来一朵。啪嗒啪嗒落下来，永无止息地落下来。”画家想象着在这样的场景中，如果有一个女性浮在水面会是什么样子，如此一来画家想象的漂浮在水面的那美就成为“遭受屠戮的囚人”，成为被处决的女性。这是因为画家潜意识中对那美有一种恐惧感，甚至有些厌恶，画家认为凡是勾引男人、俘获男人的女人都是邪恶淫乱的妖女，必须被处决。正是画家潜意识中的这种女性嫌恶使得《草枕》中山茶花坠落水池的场景产生一种异样的氛围。其实画家并不理解那美，刻意压制那美回望自己的视线，画家并非自觉地厌恶、回避明治帝国的性别规制，不过是逃亡到“非人情”之美的世界里，进行一种自我催眠式的躲避而已。

小森阳一则关注小说结尾处，画家和那美一行人送那美的表弟久一上战场的情景。久一曾经是志愿兵，在日俄战争进入第二年之后即 1905 年应征入伍。日本原以为很快就会结束日俄战争，不料进攻旅顺屡次失败，战争拖到第二年。那美的表弟久一于是作为新补充的兵源即将奔赴中国东北战场。

越来越被引向现实世界了。我把能看到火车的地方称作现实世界。再没有比火车更能代表20世纪文明的了。把几百个人圈在一个箱子里，轰轰隆隆拉着走。它毫不讲情面，闷在箱子里的人们都必须以同样的速度前进，停在同一个车站，同样沐浴在蒸汽的恩泽里。人们说乘火车，我说是装进火车；人们说乘火车走，我说是用火车搬运。再没有比火车更加轻视个性的了。文明就是采取一切手段最大限度地发展个性，然后再采取一切手段最大限度地践踏个性。给予每人几平方米的地面，让你自由地在这块地方起卧，这就是现今的文明。同时将这几平方米的地面围上铁栅栏，威吓你不准越出一步，这也是现今的文明。希望在这几平方米的地面擅自行动的人，也希望能在铁栅栏外面擅自行动，这是很自然的道理。可怜的文明国民们日日夜夜只能啃咬着铁栅栏而咆哮。文明给个人以自由，使之视如猛虎，而后又将个人投入铁槛，以继续维持天下的和平。这和平不是真正的和平，就像动物园的老虎瞅着游客而随地躺卧的那种和平。铁槛的铁棒要是拔出一根——世界就不堪收拾。第二次法国革命也许就是在这种时候发生的。个人的革命现在已经在日夜进行。北欧的伟人易卜生曾经就革命兴起的状态向吾人提出具体的例证。我每当看到火车猛烈地、不分彼此地把所有的人像货物一般载着奔跑，再把封闭在客车里的个人同毫不顾忌个人的个性的铁车加以比较，就觉得危险，危险。一不留意就要发生危险！现在的文明，时时处处都充满这样的危险。顶着黑暗贸然前进的火车便是这种危险的一个标本。[1]

这辆火车上的乘客是基于征兵制应征前往战场的军人及其他与战争有关的人。就在前一年（1904 年）的年底，攻打旅顺战役中日军死伤惨重，日本政府不得已将征兵制的年龄限制提高到 32 岁，以补充更多兵源，用火车拉着民众送去战场。久一正是其中的一员，这一年漱石自己 38 岁，虽然已经过了征兵的年龄，却看到应征入伍的士兵们被装进火车运走。如果说在铁槛里面可以自由行动，那么国界线也是一个铁槛，这是美国独立战争和法国革命后所确立的土地私有制下人们生存状态的比喻。因为土地是私有的，所以打败他国，就可以霸占他国的土地。这就是帝国主义战争的逻辑。日本经由日俄战争，也成为帝国主义列强的一分子。因而剥夺个人的自由将其装入车厢运走的火车，正是实行强制征兵制的帝国主义国家的象征。

如此一来，能够与实行强制征兵制的帝国主义国家进行对抗的只有“个人的革命”，《草枕》中提到“北欧的伟人易卜生曾经就革命兴起的状态向吾人提出具体的例证”，以此类推，在日俄战争刚刚结束后写作小说《草枕》的漱石也在以自己的文笔进行同样的文明批评和斗争。

---

① 陈德文译，《哥儿・草枕》，海峡文艺出版社，1986，第 218—219 页。

中国现代著名艺术家丰子恺曾先后于1956、1974年两度翻译夏目漱石的《草枕》（丰子恺将题名译为《旅宿》），后一次重译完全不依傍前一次的译稿，并在其八篇文章（五篇散文、三篇评论）中提及漱石或引用《旅宿》。丰子恺在1932年8月的艺术评论《新艺术》中写道：

日本已故文学家夏目漱石在其《旅宿》中有这样的话："诗思不落纸，而铿锵之音，起于胸中。丹青不向画架涂抹，而五彩绚烂，自映心眼。但能如是观看所处之世，而在灵台方寸之镜箱中摄取浇季混浊之俗世之清丽之影，足矣，故无声之诗人虽无一句，无色的画家虽无尺缣，但其能如是观看人生，其能解脱烦恼，其能如是出入于清净界，以及其能建此不同不二之乾坤，其能扫荡我利私欲之羁绊——较千金之子、万乘之君、一切俗界之宠儿为幸福也。"

这里所谓"解脱烦恼""出入于清净界""建此不同不二之乾坤""扫荡我利私欲"诸点，皆"艺术的心"所独到的境地。艺术的高贵的超现实性，即在于此。高尚的艺术，所以能千古不朽而"常新"者，正为其具有这高贵的超现实性的缘故 。

丰子恺在此引用漱石在《旅宿》中的观点着重阐述了艺术的超现实性。在1972年创作的散文《塘栖》中，丰子恺再次引用了《旅宿》中的文字。

夏目漱石的小说《旅宿》(日文名《草枕》)中,有这样的一段文章:“像火车那样足以代表20世纪的文明的东西,恐怕没有了。把几百个人装在同样的箱子里蓦然地拉走,毫不留情。被装进在箱子里的许多人,必须大家用同样的速度奔向同一车站,同样地熏沐蒸汽的恩泽。别人都说乘火车,我说是装进火车里。别人都说乘了火车走,我说被火车搬运。像火车那样蔑视个性的东西是没有的了……”

我翻译这篇小说时,一面笑这位夏目先生的顽固,一面体谅他的心情。在20世纪中,这样重视个性,这样嫌恶物质文明的,恐怕没有了。有之,还有一个我,我自己也怀着和他同样的心情呢。

丰子恺从漱石厌恶火车启笔,转叙自己从家乡浙江省崇德石门湾到杭州,舍轮船、火车,坐小小客船走运河,详谈客船的舒适、活便、悠闲,描写途经塘栖镇登岸吃酒的逍遥、潇洒、欢娱,最后将漱石视为知己而收尾:“我谢绝了20世纪的文明产物的火车,不惜工本地坐客船到杭州,实在并非顽固。知我者,其唯夏目漱石乎?”

丰子恺写于“四人帮”横行的1972年的《暂时脱离尘世》一文开篇即引用夏目漱石的《旅宿》:

夏目漱石的小说《旅宿》(日文名《草枕》)中有一段话:“苦痛、愤怒、叫嚣、哭泣,是附着在人世间的。我也在三十年间经历过来,此中况味尝得够腻了。腻了还要在戏剧、小说中反复体验同样的刺激,真吃不消。我所喜爱的诗,不是鼓吹世俗人情的东西,是放弃俗念,使心地暂时脱离尘世的诗。”

丰子恺欣赏夏目漱石的品质，说：“夏目漱石真是一个最像人的人。今世有许多人外貌是人，而实际很不像人，倒像一架机器。这架机器里装满着苦痛、愤怒、叫嚣、哭泣等力量，随时可以应用。即所谓‘冰炭满怀抱’也。他们非但不觉得吃不消，并且认为做人应当如此，不，做机器应当如此。”这番话表明了丰子恺宁愿写“暂时脱离尘世”的作品，也不愿跟着“四人帮”一伙说假话的态度。

丰子恺一生对夏目漱石《旅宿》的偏爱，可以说正是夏目漱石的为人和文学创作风格对中国近现代文学产生影响的很好例证。

《三四郎》——青春的失落与女性的隐身

1908 年，应《大阪朝日新闻》主笔鸟居素川之邀，夏目漱石开始创作小说《三四郎》。1908 年 8 月 19 日，漱石在《东京朝日新闻》刊登《三四郎》连载预告，其中写道：三四郎从乡下的高中毕业之后，考取东京的大学，接触到都市的新空气，接触到同学、学长、年轻女性。我不过是把这些人物放置于这样的环境之中，之后任由他们随意活动，自己生出波澜来。1908 年 8 月在给朝日新闻社涩川玄耳的信中，漱石列举了“青年”“东西”“三四郎”“平平地”等四个题名后，说自己最终决定选用三四郎这个最平凡的名字。评论家江藤淳认为，直接以主人公的名字作为小说的题名，这在英国文学中十分常见，但是在明治时代的小说中尚无先例，是一种崭新的尝试。

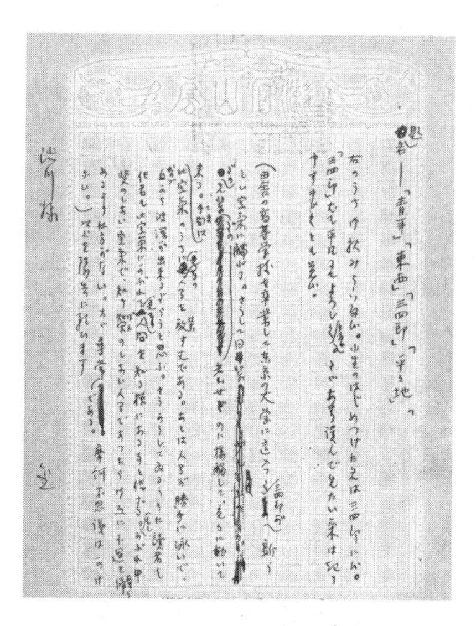

《三四郎》手稿

作家夏目漱石将《三四郎》这篇小说的舞台设定在了自己熟悉的东京第一高等学校与东京帝国大学一带。主人公小川三四郎从九州熊本的第五高等学校毕业后，考取东京帝国大学文科大学。乘坐火车前往东京途中，与一名中途从京都上车的女子偶遇，三四郎要在名古屋转车，女子说一个人害怕，恳求三四郎与她同行，带她一起去客栈。客栈的女仆只铺了一个床铺，三四郎只好与女子同床共枕，但他用床单在两人中间“筑起一道白色的屏障”，整晚手脚没有伸出自己用毛巾铺成的狭长地盘，也没有和女子讲过一句话。第二天两人回到车站，等车时三四郎才知道女子接下来并非与自己同路，女子把三四郎送到检票口，告别之际嫣然一笑，说了一句：“你是一个很没有胆量的人呢。”三四郎觉得这句话把自己 23 年的弱点一下子暴露无遗。

在名古屋上车后，三四郎又遇见一位与众不同的“生着浓须”的男子，到东京后才知道他是高等学校的英语教师广田先生。广田先生对三四郎说，日本“即使日俄战争打赢了而上升为一流强国，也是无济于事的”。富士山“是日本首屈一指的名胜，没有东西能比它更值得自豪啦。然而，这富士山乃是天然形成的，自古以来就存在着，非人力所能左右，也不是我们造出来的”。三四郎不由得反驳道：“不过，今后日本也会渐渐发展的吧。”可广田先生却毫不在意地说：“将会亡国呢。”对于广田先生在日俄战争日本获胜之后竟然如此肆无忌惮地批判日本，三四郎深感意外，“觉得自己是真的离开熊本了”。

到了东京之后，三四郎惊叹于大都市跌宕起伏的生活样态，他感到“自己迄今为止的生活就根本不曾触及现实世界的皮毛”。正在闷闷不乐之时，母亲来信让他去拜访同乡的学长、理科学者野野宫宗八先生。三四郎从野野宫处出来，信步来到校园的池塘边，无意中抬眼看到山冈上站着两个女子。手拿扇子的女子拿着一朵白色的小花，边嗅边走了过来，经过三四郎面前时，女子把嗅过的白花丢在三四郎脚前。三四郎低声说了句“矛盾”，拾起女子丢在地上的花，试着嗅了嗅，然而没闻到什么特别的香味，便把花投进水池里。

9月1日，大学开学了，三四郎与从专科学校毕业、入校做“选科生”（类似于旁听生，虽然可以与正式学生一起上课，但是不能享受正式学生穿戴制服、进入图书馆书库等的待遇）的佐佐木与次郎相识。与次郎在高中教师广田先生家里寄宿，他带着三四郎吃饭、看演出、去图书馆、乘电车。一天，三四郎去野野宫家里时，野野宫的妹妹良子从医院发来电报，野野宫拜托三四郎顺路给妹妹送去一件夹袄，在医院三四郎正好遇见前来探望良子的池塘边的女子——美祢子。自此，三四郎开始心神涣散起来。

三四郎受托到广田先生的新居打扫，又遇见了池塘边的女子美祢子。一天，三四郎收到了美祢子寄来的明信片，邀请他一起去观赏菊偶。第二天，三四郎穿着新制服，鞋子闪闪发光，前去赴约。在拥挤的人群中，三四郎看见美祢子被人群推向出口方向，赶紧丢下同行的广田先生、野野宫、良子，拨开人群，跟了上去。美祢子看似不太舒服，但是“步伐落落大方，直朝前迈，没有那种忸怩作态、故意撒娇的模样儿。所以三四郎也不能莽撞地主动伸手去扶她”。两人来到小河边坐下，美祢子说了一句“天空变混浊了”，三四郎第一次听到这种说法。路过一片泥泞地时，三四郎让美祢子拉住自己的手，但是美祢子不肯，不料她跳过来的时候身体失去平衡，“双手落到了三四郎的双臂上”，美祢子在口中嘀咕着“迷途的羊”，而三四郎则感受到了美祢子的呼吸。

与次郎四处奔走，发表《伟大的黑暗》一文，想让大学聘请广田先生做教授。同时又在赛马中输掉20日元，三四郎把钱借给与次郎之后，自己没办法付房租，与次郎让美祢子借钱给三四郎。三四郎写信让母亲寄钱过来，可是美祢子不收，让他先用着。三四郎对美祢子抱有淡淡的爱慕之情，但无论如何也把握不住美祢子的心思。美祢子所说的“迷途的羊”一词令三四郎摸不着头脑，美祢子的一举一动、一颦一笑都令三四郎迷惑。三四郎对野野宫宗八与美祢子的关系也不能理解。最终三四郎决定找美祢子表露自己的心思，美祢子在画家原口的画室做模特，她幽幽地叹了口气，告诉三四郎画中的自己就是三四郎第一次在水塘边遇见自己时的样子。不久，三四郎听说美祢子和自己哥哥的朋友（良子回绝的相亲对象）订婚了。三四郎前往教堂去见美祢子，美祢子再次发出微微的叹息声，嘴里嘀咕着《圣经》中的句子：“我知我罪，我罪常在我前。”《森林之女》（美祢子的自画像）的画作终于开始展出了，三四郎站在美祢子的画像前，嘴里反复嘟囔着之前美祢子说过的那句“迷途的羊，迷途的羊……”。

刚从九州来到东京的三四郎意识到自己面对着三个世界。一个世界散发着“明治十五年以前的味道”，“一切平平稳稳，然而一切也都朦朦胧胧”。那是和蔼的母亲所在的故乡乡下所象征的过去的世界。第二个世界是“生着青苔的砖瓦建造”的图书馆所象征的学问世界，那里有广田先生，有野野宫这些“无所顾忌地呼吸着太平世界宁静空气”的学者们。这个世界是三四郎预感到自己今后也将置身其中的未来的世界。第三个世界是“宛如光灿的春天”荡漾般的世界，那里有美祢子这样美丽的女子，“是对三四郎来说最深厚的世界”，同时也是难以靠近的恋爱的世界。三四郎将来的目标就是将这三个世界统一为一体：“把母亲从乡下接出来，娶一位美貌的妻子，然后投身到学习中去。”《三四郎》这部作品的远景是第一个世界，以第二个世界——日本学者前田爱所说的“本乡文化圈”（本乡即东京帝国大学所在的街区）为舞台，将第三个世界——三四郎与美祢子关系的推移变迁作为前景。一直以来，小说《三四郎》都被视为明治文学中稀有的“青春小说”，广受称赞。与此同时，小说中主人公三四郎一直被同龄的美祢子所捉弄，这一青涩的、不成熟的主人公形象经常被认为缺乏魅力，是作家在人物造型方面的败笔。如果把小说《三四郎》视为一部青春小说的话，那么青涩的男主人公在青春年代，被成熟的同龄未婚女子所迷惑，一路彷徨，这样一种布局也是合理的。

《三四郎》与《后来的事》《门》构成了漱石文学的爱情三部曲，堪称漱石文学最出色的青春小说。主人公小川三四郎来到东京这个与他以前的认知完全不同的世界后，在现代文明和现代女性的冲击下，彷徨迷茫，不知所措。三四郎离家不久，见识了更大的世界后，有种家乡像是远古的感觉。他想抛下这个过去，但又想念过去。野野宫和广田老师所在的学问的世界，是他满心期待的知识殿堂，可以翻阅众多书籍的图书室、接触西方思想的课堂，让三四郎觉得自己正在前进的路上。而三四郎同时越来越被他暗恋的对象——美祢子所在的东京的浮华世界所吸引。三四郎对美祢子一往情深，可美祢子的态度却暧昧含糊。她数次向三四郎提过“迷途的羊”这一短语，却最终与哥哥的朋友结婚。平凡的青年人在与大都市形形色色的人的交流中，慢慢得到成长，在这个意义上，我们可以把《三四郎》定义为未成熟阶段的成长小说。村上春树说，《三四郎》是适合在洒满阳光的阳台上阅读的小说。小说主人公或许处于迷茫之中，但他基本上是望向未来的。他的脸略微向上倾斜，广阔的天空在他面前打开。广田教授，这个三四郎在前往东京的火车上偶遇、后来成为三四郎导师的古怪人物，敢讲肆无忌惮的话——“日本将灭亡”。广田教授的话揭示了近代日本的潜在脆弱性，同时也揭示了一个名叫三四郎的明治时代年轻知识分子的精神狭隘性。

当然，这部作品可以有更多更深入的解读。小说以主人公三四郎作为叙述者，将三四郎的内心活动事无巨细地展现在读者面前，从而将主人公青涩的特质生动地表现出来——主人公为自己观看着的女性所吸引，但是当对方有所行动之时又心生恐惧。可是，关于女主人公美祢子的内心活动，小说却只字未提，令读者一无所知。作家夏目漱石在塑造美祢子这一人物形象时，是以德国作家苏德尔曼[①]的小说《不会消失的过去》（*The Undying Past*）中的女主人公菲利西塔斯为参照的。

---

① 赫尔曼·苏德尔曼，德国小说家，戏剧家。其小说继承了德国现实主义传统，大多以东普鲁士和立陶宛的民间生活为题材。

漱石在《文学杂话》（1908 年 10 月刊登于杂志《早稻田文学》）一文中说："这个女性非常敏感、细腻，我曾称她为'无意识的伪善家'。也许翻译成'伪善家'并不妥当。她的巧言令色并非有意为之，而是无意识中天性的流露，就俘获了男人的心，而她绝非抱持着善恶等道德观念所为。"能够塑造出这样的女性形象，恐怕再无第二人了。由此，一般读者都认为《三四郎》中的美祢子就是这样一个"无意识的伪善家"形象。但是，美祢子作为女性的神秘魅力与其说来自她无意识的演技，倒不如说源自小说文本对美祢子内心活动的彻底排除。也就是说，当读者将三四郎作为视点人物阅读时，迷惑三四郎的美祢子作为诱惑者的形象强烈凸显出来，而美祢子这个人物形象背后所隐藏的、束缚所有女性的日本近代婚姻制度被忽视了。阅读小说《三四郎》，不应该只关注三四郎与美祢子的人物形象，而应该追问的是作者进行如此描写的意义。

在小说中，美祢子被"本乡文化圈"的男性们赋予了西式的、新时代女性的意义。这些带有特权的知识阶层的男性一直将美祢子作为评论的对象，单方面赋予美祢子各种意义。而读者也追随着这些男性人物，对他们的叙述深信不疑，来观看、评论美祢子。夏目漱石的弟子森田草平在《续夏目漱石》（1943）一书中指出，在塑造美祢子这一人物时，漱石是以"煤烟事件"的女主角平塚明子（后来的平塚雷鸟）为原型的。所谓"煤烟事件"，是 1908 年森田草平与家境优越、受过良好教育的才女平塚明子一起殉情未遂的事件，被当时媒体大肆报道。就在这时，漱石对于饱受责难的弟子森田草平施以援手，森田草平得以凭借描写该事件的小说《煤烟》（1909年在《东京朝日新闻》连载）登上文坛。“煤烟事件”与小说《三四郎》的连载在时间上接近，也可以作为分析小说《三四郎》中美祢子人物设定的一个来自文本外部的证据。但是，美祢子与平塚明子恋爱的结局完全不同，西式的美祢子最终选择相亲结婚这一结尾令读者大跌眼镜。事实上，因为哥哥成婚，无父无母的美祢子只能选择与哥哥的友人结婚成家，这是明治时代的社会环境使然。由此看来，小说《三四郎》在主人公三四郎青春的彷徨这一故事背后，隐藏着另一个关于女性美祢子在传统与现代之间被撕裂，连彷徨的权利都被剥夺的故事。

小说《三四郎》的成功大大刺激了日本文坛另一巨匠森鸥外。1910年，森鸥外发表小说《青年》，与夏目漱石抗衡。这也成了一则文坛佳话。

小说《三四郎》发表之后不久，漱石的两位弟子森田草平和小宫丰隆就发表了至今看来仍具参考价值的评论。森田草平于1909年6月在《国民文学》撰文指出，《三四郎》中的出场人物都以第三人称出现，但是所有场景都有三四郎出场，因而小说中的所有情节都是三四郎耳闻目睹，也就是说，这与第一人称叙述的小说并无分别。作者在写作时凝视着三四郎，应该说是俯视着三四郎，作者并非就是三四郎，写的虽然是三四郎的心情，但并不是以三四郎的口吻，而是远比三四郎了不起的人物在描写三四郎的心情。因而读者读到的是经过作者评价后的三四郎的心情。同年7月份，小宫丰隆在《新小说》

撰文写道，以往的小说大多以一两个特定人物为主人公，或者虽然描写了众多人物，但人物本身并不生动，有的努力写活各色人物，结果反而无法把握整体，全作支离破碎。而小说《三四郎》除三四郎之外，还有六个出场人物。全部人物都活灵活现，均具备成为主人公的资格。全篇整合有致，所有人物的一举一动彼此关联，有机结合在一起。可以说，小说《三四郎》采用了最困难的创作方法，并获得了成功。关于美祢子的人物形象，小宫丰隆认为：美祢子的人物性格最复杂、最有个性，并具现代色彩，是一个 20 世纪的新女性。美祢子在某一个特定的范围内，自由自在地活动着。因其自由自在，故而令三四郎与读者无法把握。很显然，小宫丰隆认为美祢子唐突的结婚令人费解，是因为同样身为“本乡文化圈”的一名男性成员，他自己也没有意识到美祢子的婚姻背后隐藏的真相。

近年来在日本，关于小说《三四郎》的研究又取得了重要的成果。以酒井英行为代表的研究者认为，美祢子爱的不是三四郎，而是野野宫。在三四郎初遇美祢子的场景中，美祢子把白花丢在三四郎面前，似乎在挑逗三四郎，其实是和野野宫交往的美祢子因为野野宫态度一直不明朗，为了试探野野宫而做出的举动。而读者之所以对于美祢子挑逗陌生男子的举动并不觉得奇怪，是因为小说开篇已经以名古屋“同衾事件”埋下了伏笔，在名古屋陌生女子的举动之后，美祢子莫名其妙勾引男性的行为也变得顺理成章了。第一次见面的时候，三四郎之所以被美祢子吸引，是因为美祢子的肤色是“浅浅的褐色”，这是三四郎认为女性应该具有的肤色。在这一点上，名古屋的女子、故乡的阿光都是“浅浅的褐色”。事实上，老家的母亲一直撮合三四郎和阿光的婚事，小说第12章和第13章之间提及三四郎回了趟乡下老家，但是却只字未提回乡后的事情。自第14章开始，之前的三四郎视角忽然转换成为全知视角的叙述，暗示着回乡省亲期间，三四郎身上发生了大事，而且很可能就是与阿光订婚。三四郎对美祢子淡淡的爱慕之情，很可能是因为三四郎把美祢子看作了“城里的阿光”。

关于美祢子之“谜”的原因，松下浩幸认为，小说《三四郎》中描写的第二个世界，也就是三四郎认识的学问世界的居民无一例外都是单身，他们将自己不结婚的原因归咎于女性或者母亲。“本乡文化圈”的男性们不仅单身，而且都拥有书房，是典型的知识分子。书房是他们进行自我管理的场所，也是将孤独转化成为自由与快乐的场所，是一个人进行庆祝与祭祀的空间，是单身者的乌托邦的空间。这些男性知识分子通过在书房中的阅读形成一个不可视的知识共同体，而这个共同体是不允许女性加入的组织，女性仅仅能够成为这个共同体的解读对象。而三四郎由于尚未完全成为“本乡文化圈”的居民，缺乏这一男性知识分子共同体的解读能力和批判能力，因而觉得美祢子充满谜团，在美祢子身上感受到了性的欲望。另一女性学者关谷由美子认为，美祢子为了结婚，必须扮演一个尊重爱情、拥有选择结婚对象自由的新女性，这是她所在的文化圈的男性们所期待的新时代的女性形象。

小森阳一则认为，夏目漱石所描写的女性永远都与金钱产生瓜葛。小说《三四郎》中，三四郎与其他人物之间产生20日元的借贷关系，最终三四郎让乡下的母亲寄了 30 日元，才解决了这件事情。因为三四郎的母亲在乡下有地，才能做到，而城市中的薪金生活者是无法做到的。“本乡文化圈”的居民都生活在这样一个脆弱的经济基础之上，因而一直由哥哥照顾的美祢子、良子等妹妹们，当兄长的婚姻临近之时，为了不成为小姑子，不给兄长增添经济负担，必须尽早结婚，这是妹妹们的宿命。美祢子为了在现实世界中生活下去，只有结婚一条路可走，只有这样，妹妹们才不至于威胁到兄长们的婚姻。而良子不愿意哥哥独立门户，随随便便地回绝了相亲对象，结果妨碍了哥哥野野宫的婚事。正是因为良子想一直做野野宫的妹妹，才使美祢子和野野宫的关系破裂。

学者饭田祐子则关注小说《三四郎》中关于服饰的描写。除美祢子之外的人物都穿着极具制度色彩的、体现某种阶级或职业的、具有抽象意义的制服，唯独美祢子一人在三四郎眼里穿着说不清颜色的和服。如此一来，美祢子服装的特殊性成为将美祢子这一人物神秘化的一个装置。而且小说中将三四郎说不清楚美祢子服装的颜色归结于三四郎来自乡下的原因，从而完全忽视了美祢子这一人物本身。也就是说，小说通过不做讲述，将美祢子的服装神秘化。服装的谜团是由三四郎这个叙述者的欲望所产生出来的。三四郎试图从美祢子的眼神中看出某种意义，但是没有成功，而三四郎从来没有想从良子的眼中发掘某种意义。小说讲述的是三四郎的欲望所制造出来的“谜团”，而并非美祢子这个人物本身就是一个谜。三四郎不仅不了解自己，也不了解他者，而这不仅仅是三四郎的问题，叙述者也参与其中。如果美祢子的内心果真充满了谜，那么还称得上是一个新女性，但是美祢子之谜是在她的外部被制造出来的。

就小说《三四郎》的解读而言，最常见的是将其视为一部青春小说、一部教养小说、一部成长小说。犹如一张白纸般的主人公三四郎从乡下来到都市，面对着学问、爱情与故乡三个世界，不断吸取各种信息成长起来。他对“无意识的伪善者”美祢子暗自抱着爱慕之情，但是却屡屡被捉弄，最终体会到失恋的痛苦。三四郎最终意识到，所有的女性都像在名古屋与自己同衾的女子一样会莫名其妙地诱惑男性，对自己来说，女性身上永远充满着“谜团”，不禁体会到一种青春时期的失落感。总的来说，小说《三四郎》的叙述手法在当时是非常新颖的，创造的人物形象栩栩如生，吸引众多研究者进行各种各样的解读。谜一样的女子美祢子这个人物形象更是成为读者、研究者关注的焦点。近年来女性主义批评的兴起，更是令美祢子这一人物形象背后一直被遮蔽的日本近代的婚姻问题、女性问题浮出水面，令我们不能不钦佩作家的伟大，因为其创作的这样一部看似单纯的青春小说同样深刻反映着日本近代社会的诸般症结，暗含着诸多至今仍然没有完全解决的社会问题。

《其后》：“家制度”下的自然之爱

小说《其后》于 1909 年 6 月 27 日至 10 月 14 日连载于《东京朝日新闻》与《大阪朝日新闻》。1910 年 1 月由春阳堂刊行单行本。

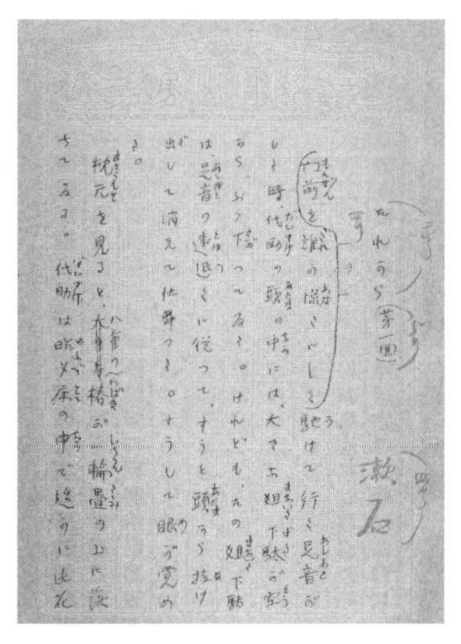

《其后》手稿

1985 年，森田芳光导演将该作改编成电影，获得成功。该片获得第 9 届日本学院奖（相当于日本的奥斯卡奖）优秀影片、优秀导演、最佳男配角、最佳录音奖，是日本文部省指定，优秀电影鉴赏会、全国高中视听协议会、日本 PTA 全国协议会、全日本教职员联盟推荐的电影作品。

小说《其后》共有 9 个主要出场人物。主人公长井代助，30 岁，仍然单身。父亲长井得，乳名诚之进，是实业界的知名人物。哥哥长井诚吾是父亲公司的高层。嫂子长井梅子，经常照顾代助。侄子诚太郎，今年 15 岁，和代助很要好。侄女长井缝子，比诚太郎小 3 岁，也和代助很亲近。代助家里的书童门野。代助的友人平冈常次郎，是代助的中学同学，结婚后到关西地区工作。平冈三千代是小说的女主人公，当年由代助撮合，嫁给平冈常次郎，孩子夭折后，罹患心脏病。

三年前，长井代助促成了友人平冈常次郎与朋友的妹妹菅沼三千代的婚事。现在，代助已经大学毕业，马上就三十岁了，却没有工作，依靠父亲的经济资助，自立门户，过着高等游民的优雅生活。就在这时，一直在关西地区的银行工作的平冈失业了，和妻子一起回到东京。

代助与平冈夫妇相见，发现自己和平冈不能像以前那样关系融洽地相处。平冈没有工作，又有欠款，希望能够在代助哥哥的公司谋个差事。这三年间，三千代生了一个孩子却夭折了，自己又患上心脏病。三千代对代助一直没有结婚这事十分在意。

代助父母家里只有父亲和哥哥一家住着，代助已自立门户，还有一个姐姐嫁给了外交官，现在随夫君住在欧美。代助的母亲和另外两个哥哥都已过世。父亲总是告诫代助要找个工作，不要一直游手好闲；嫂子则一直催促代助早点结婚成家。

三千代来代助家拜访，向代助借500日元，代助意识到平冈经济拮据，非常怜惜三千代。平冈和三千代终于租了新居。代助为了三千代，向哥哥诚吾借钱，遭到拒绝。又向嫂子梅子借钱，同样遭拒。父亲和哥哥好像忙着什么事情，嫂子见代助总是拒绝相亲，问他是否有喜欢的人。代助的脑海中不由得浮现出三千代的名字。

此时，“日糖事件”[①]轰动社会，代助感觉父亲和哥哥的忙碌也

---

① 中日甲午战争后，日本开始对台湾实行殖民统治。台湾总督府将糖与樟脑定为主要资助产业，设定“进口原料砂糖返税”制度，该制度有效期为5年。此后，贵族院和众议院两院通过了将该制度延长至1911年的修订案。为了使修订案通过，日本制糖公司的董事向20名众议院议员行贿，此事由日本制糖公司内部人员告发后，引起轰动。日本制糖公司社长于1909年7月引咎自杀。

许与此有关。嫂子给了代助200日元的支票，代助赶紧把钱拿给三千代，言谈中代助感到平冈夫妻关系不好，三千代经常一个人在家，很冷清。

平冈来拜访代助，感谢借款一事，并告诉代助自己要到报社上班。父亲希望代助能够和长井家的旧交、地主佐川家的小姐成亲。嫂子梅子安排代助和佐川家的小姐在看戏时相遇。代助得知三千代把200日元都用来应付家用，又变卖了戒指，愈发担心，他逐渐意识到三年前自己就已经喜欢上了三千代，越发后悔当年的举动。

代助决心找父亲回绝亲事，刚好父亲不在，代助将此事告诉嫂子，并说自己已有心上人。代助终于鼓起勇气向三千代告白，三千代激动落泪，又质问代助，为何三年前放弃了自己。

代助见到父亲，父亲苦口婆心地劝代助为了这个家和佐川家的小姐成婚，遭到代助拒绝。父亲十分生气，表示以后不再照顾代助的生活。代助十分担心今后的经济来源，见到三千代，告知自己目前的处境，三千代表示自己已经下定决心，不会反悔。代助找到平冈，告知一切，请平冈将三千代让给自己。平冈虽然同意，但是表示要在三千代的心脏病好转之后，而且自己要和代助绝交。

代助见不到三千代，每日闷闷不乐。就在这时，哥哥诚吾来了，告诉代助平冈已将代助与三千代的事情写信告诉父亲。诚吾问代助是否真有此事，代助承认。父亲听后非常气愤，断绝了与代助的关系，表示以后永不相见。失去了经济资助的代助，决心找工作，他走出家门，冲进疯狂旋转的现实世界之中。

《其后》发表后，漱石的弟子小宫丰隆引用屠格涅夫关于所有的人都可以分为堂吉诃德型与哈姆雷特型这一观点，指出代助属于哈姆雷特型的人物。小宫称赞作家层层铺垫，描写人物性格与事件的高超技巧，但是指出为了突出代助哈姆雷特型的性格，作品应该在代助舍弃以往艺术的世界，进入自然的世界之处搁笔，或者更多描写进入自然世界之时代助内心的苦闷挣扎。小宫认为："《其后》中关于悲哀、痛苦、寂寞等情绪因素的描写十分欠缺。"也就是说，小宫希望小说更多地描写代助这个人物的内心。而自然主义文学的代表作家田山花袋[①]则与小宫的观点完全相反，田山认为《其后》过多描写人物的心理，因而使文章过于烦琐。如果采用描写式的手法，则用一半长度即可写完所有内容。

1910 年 4 月，以学习院大学高中部毕业后升入东京帝国大学的精英们为主创的同人杂志《白桦》，在创刊号上刊登了中心人物武者小路实笃[②]关于《其后》的评论文章。武者小路认为《其后》描写的是"自然"（代助与三千代的爱情）与"社会"（将这种爱情视为不道德的集团）冲突的故事。白桦派与当时盛极一时的自然主义文学划清界限，希望能够得到文坛大家漱石的认可。而漱石也对这一文学流派的教养与高雅给予了高度肯定的评价。

武者小路称赞《其后》的作者思想深厚，技巧娴熟，采取开放式

---

① 田山花袋，日本小说家，自然主义文学的代表作家。
② 武者小路实笃，日本小说家、剧作家、画家，白桦派的代表作家之一。

的结尾，恰到好处。武者小路认为《其后》的主题，也就是小说所体现出来的思想，是关于自然的力量、社会的力量，以及两股力量对于个人影响的思考。违背自然，内心就会不安，而违背社会，就会带来物质上的担心。人必须要顺从自然，但是违背社会的规则就会灭亡。大多数时候，顺从自然的人会受到社会的迫害，而顺从社会的人会受到自然对内心的伤害。作为一个人实在是左右为难。现在看来，武者小路的评论略显幼稚，但当时的文学家都在拼命与以明治国家的“家制度”为代表的“社会力量”进行抗争，武者小路的评论道出了他们的心声。

武者小路认为漱石将来一定会在社会与“人的自然”之间找到某种平衡，会让社会与“人的自然”达到一种和谐的状态，这样的漱石才是真正的国民教育家。

漱石的弟子阿部次郎则认为《其后》的主题在于通过与个人生活相接触之处来描写及批判日本现在的社会状况。小说描写了主人公无法忍受与现实进行暧昧妥协的常识性的生活，而向最根本的、哲学性的生活迈进的精神状态，因而该作是对日本现在人文状况的一种批判。不过，阿部认为，代助这个人物让人捉摸不透。随着小说情节的进展，代助的内心经历了三个阶段。第一阶段是过去空虚而美丽的道德，来自父亲的教育与青春的莽撞，可以称之为“空想”。第二阶段代助开始深切感受到此前的空想与自己及社会的现实之间的矛盾。第三阶段的代助已经无法忍受这一矛盾，而正是三千代将代助带入了这个第三阶段。但是小说中没有描写进入第三个阶段后代助内心的苦恼，特别是没有充分交代代助因与三千代的关系必然引发的苦恼。

目前，对于小说《其后》常见的解读认为主人公代助不工作，是因为他看透了近代日本的惨状，并对此深以为忧，这种知识分子的苦恼以及从根本上对于生存的不安使他不去工作，将自己与他者的关系控制在最小限度，作为一个对自己的身体抱有自豪感的自恋者而生活。但是，代助一方面批判父亲的生活方式，另一方面又依靠父亲在经济上的全面资助才得以维持现在的生活状态，二者处于一种矛盾关系中。三年后再见到三千代，发现自己无法帮助陷入经济窘境的三千代的代助，越发意识到这一矛盾。而当代助再次意识到自己对于三千代的爱情（自然之爱）之后，决定与以往充满矛盾的生活告别，忠实于近代的自我或者说真实的自我，诚实地生活下去。《其后》可以称得上是日本近代文学史上恋爱小说的名篇。

对《其后》的解读带来划时代转折意义的当属齐藤英雄的论文《珍珠戒指的意义与作用——〈其后〉的世界》（1982），该论文首先关注三千代回到东京后第一次与代助相见的场景。

三千代从走廊里由人陪伴着进了客厅，在代助对面坐下来。一双洁白的手叠放在膝头。下面的手戴着戒指，上面的手也戴着戒指。上面的戒指金丝框里嵌着一颗珍珠，是当今最时兴的。这是三年前结婚的时候代助作为贺礼送给她的。[①]

---

① 陈德文译，《从此以后》（即《基后》），湖南人民出版社，1982，第 45 页。

此处，三千代戴着两个戒指。一个应该是和平冈的结婚戒指，另一个则是“三年前从代助那里收到的结婚贺礼”。三千代结婚前，代助送了“珍珠戒指”，而平冈则送了手表，这已经和一般所认为的戒指应该由未婚夫赠送的常识不符。齐藤英雄认为，三千代的哥哥菅沼想让妹妹嫁给代助，代助和三千代也是相爱的，平冈明知这一点还是和三千代结婚了，所以才出现这种奇特的赠礼方式。

三千代回到东京后第一次与代助见面时，把戴着珍珠戒指的手放在上面，很可能是为了引起代助的注意。“珍珠戒指”的背后是当年代助、三千代、平冈三人交织的故事，而三千代故意让代助看到这个“珍珠戒指”，是为了唤起代助回想当年的事情。之后，陷入家庭经济困境的三千代，把两个戒指都送进了当铺，并向代助暗示了此事。代助安慰三千代，就当那是“纸戒指”吧。代助筹到钱后交给三千代，一个男子借钱给别人的妻子，这本身就是一个大胆的举动，于是代助和三千代之间建立了一种秘密的联系。三千代收到钱后，将代助当年送给自己的“珍珠戒指”从当铺赎回，并将此事告诉代助。这个举动等于是在告诉代助，自己要和他一起生活下去。

齐藤英雄认为，在三千代回到东京后第一次与代助见面时，就已经选择了代助。也就是说，三千代一心一意，而代助则显得优柔寡断，难以下定决心，即便是下了决心之后，也仍然瞻前顾后。

按照齐藤英雄的解读，以往认为《其后》是以代助为主的爱情故事这一看法被彻底颠覆了。《其后》是以三千代为主的爱情故事，因而《其后》不再是描写在爱情中自我觉醒的近代知识分子的故事。

《其后》中多次出现关于“花”的描写，很多研究者关注到了这一点，认为《其后》是一部“花”的小说，而三千代就是花的精灵。浜野京子指出，《其后》中经常出现朱顶兰、铃兰、百合三种花，朱顶兰的花形和百合相近，而铃兰的英文名是“lily of the valley”，可以直译为“山谷百合”，也就是说这三种花有一个共同点，都与百合有关。小说中有一个情节描写：三千代在等代助时，喝了铃兰花瓶里的水。铃兰的花语是幸福再来，但它是一种有毒的植物（象征着死亡）。而百合象征着纯洁和贞洁，同时也代表着罪恶。因而，由小说《其后》中经常出现的花的意象，可以将该小说解读为包含着幸福与罪恶、生与死等充满对立意义概念的小说。木股知史也关注三千代带着百合花拜访代助的情景，认为百合具有基督教所推崇的纯洁的意义，但是这一场景又有官能的意象，二者交织在一起，使三千代成为“纯洁的官能”这一矛盾体。

石原千秋则从日本近代“家制度”的视角重新解读小说《其后》。他指出《其后》中除去开头第一章，第二章之后的偶数章描写的是代助和三千代的关系，而第三章之后的奇数章则描写的是代助和父亲家的关系。主人公代助之前多次回绝了婚事，而最近这次却和以往不同，让他难以推辞。这是因为每个人在人生之中都有两次会强烈意识到自己所属家庭对自己的束缚。一次是结婚的时候，还有一次是父母过世被卷入遗产继承问题的时候。小说《其后》的故事开始时，代助和青山父亲家之间的关系刚好处于这样一个时期。虽然代助的父亲长井得还在世，但是考虑到明治民法有“退隐”（放弃户主身份或把家庭责任让给继承人以便安静地过退隐生活）的规定，他打算遵照长子单独继承的规定，让长子诚吾继承家业。但是长子成为户主之后，有继续抚养弟弟代助的义务，父亲觉得过意不去，因而想让代助赶紧和地主家结亲。另外，代助马上就要三十岁了，按照明治民法规定，三十岁之前结婚必须得到家长的认可，而三十岁之后就没有这个必要，所以父亲长井得急着要把次子的婚事确定下来。

《其后》中父亲的小名是诚之进，长子的名字是诚吾，孙子叫诚太郎，也就是说继承家业的人名字里都有一个“诚”字。而“代助”就是起到替代作用的男子的意思，即当长子万一有事之时，次子可以起到代替长子的作用。也就是说，自一出生，代助就注定背负了次子的命运。

因此，长井得十分看重“诚者天之道也”的题匾，而代助则对此极其反感。长孙诚太郎已经15岁了，这意味着代助作为候补继承人的作用即将失去。代助和父亲家的故事实际上是代助即将被父亲家抛弃的故事，因而代助决定用自己的故事离开父亲家。于是，一个爱情故事和这个家族的故事必然地交织在了一起。为了与父亲家诀别，创造自己的价值，代助需要与三千代一起建立家庭，成为能够在经济上抚养三千代的“一家之长”，这是代助最终选择了与三千代的爱情的原因，归根结底，代助自己也梦想着成为“家长”。

石原千秋认为，一般认为《其后》描写的是近代自我个体确立的故事，其实描写的是像代助这样被“家制度”排除在外的男子在“家”之外重新上演“家”的故事。因而，这不是自我个体的确立，而是对

“家”的乡愁，是使自我成为幻想中的“父亲”的欲望。

佐藤泉从更宏观的视角来解读《其后》，他认为小说描写的是父辈的世界观被代助等下一代的世界观所取代的故事。长井家父子之间的断层并不是父子间、两代人之间的龃龉，而是暗示着故事背后更大的历史、社会关系。长井得和长井代助生活的世界是一样的，但是二者讲述这个世界的语言则完全不同。长井得讲述的是与国家相联系的宏大故事，而长井代助讲述的是以“神经”一词所代表的个人的微小故事。长井得的故事并非他个人，而是某个社会构成体的故事。当自己的公司也发生了与“日糖事件”相当的事件，再也不能对此睁一只眼闭一只眼时，父亲的那个“为了国家，为了社会”的故事就宣告结束了，父亲将不得不活在当下，承认自己已经是一个老人。与其说父亲是狡猾的，不如说他是滑稽的、可悲的人物。对于父亲来说，代助和恩人家之间的联姻将成为最后的“过去的故事”。因而代助与佐川家小姐的婚事不是在家族层面，而是在历史层面发挥着作用，是父亲曾经生活的过去的故事，也就是历史的尾巴。

小说《其后》中有这样一句话：“进化的背后一直都是退化，这是古往今来的可悲现象。”夏目漱石在英国留学期间，曾经阅读了当时欧洲非常流行的马克斯·诺尔道的著作《退化》[1]。生方智子的论

① 马克斯·诺尔道(Max Nordau，1849—1923)，是出生于匈牙利的德国籍医生，政论家、作家。著有政论《退化》、小说《感情的喜剧》等。鲁迅在《随感录（三十八）》中曾提及他的名字。

文正是以“退化论”的理论框架对《其后》所作的解读。退化论认为，所谓退化可以是精神荒废的外在表现，可以引起女性化，原本该书批判的是世纪末流行的颓废艺术。

小说《其后》中，代助每天早晨满意地看着镜子中自己的裸体，是典型的自恋者，对于代助来说，美丽的身体就是健康的身体，是健全精神的表象。这就是《退化论》中所说的自我肯定，这种自我肯定同时表现为对周围人的歧视性用语，认为自己是“上等人种”，把父亲说成是“野人”“劣等人种”。对于女性也是如此。这样一来，代助把自己定位成为“新男性”。

代助在与三千代的爱情中也保持着一定距离，将与三千代的爱情以“天意”这样一个绝对化的词语来表达，避免与身体联系起来。但是在对三千代进行告白的场景中，代助的语言打动了三千代的心，三千代歇斯底里地哭泣，这种兴奋最终也感染了代助，于是代助成了女性化的人物，这意味着代助内部的崩溃。也就是说，虽然小说《其后》是在一个退化论的框架中讲述的，但是因为处于歧视他者地位的代助的女性化，从而从内部击破了退化论。

近代以后，进化论成为毋庸置疑的前提，而生方则从退化论的角度对《其后》进行解读，认为《其后》包含着在制度内部击破进化主义的可能性。

林圭介则认为《其后》一直被认为是“知识分子的文学”，但是小说发表当时还没有“知识分子”这样的用语，小说中无论是代助的父亲，还是友人平冈都认为代助还是个孩子。虽然代助毕业于东京帝国大学，但是却并未就职。1909年左右，大学毕业生面临着空前的“就业难”的问题，这意味着学历神话的崩溃，学历不能保证就职，能够就职的人才算真正实现了自立。当代助选择了与三千代的爱情之后，摆在他面前最大的问题就是就职，从而促使他离开家去找工作。当时的“就业难”是青年们面临的最大问题，因而《其后》未必就是“知识分子的文学”，代助终究还是当时“青年”的一分子。

小森阳一则深刻揭示了小说《其后》的战争背景。小说第三章介绍主人公长井代助的家族情况：

代助的父亲名叫长井得，这位老人在明治维新时参过战，至今身体仍十分壮实。他辞官之后，进入实业界，辗转经营，自然而然地攒了些金钱，这十五年来，成了赫赫有名的大财主。

代助有个哥哥叫诚吾，从学校一毕业就进入父亲经营的公司，现在也占据着一席重要的位置。他的夫人叫梅子，生下两个小孩，老大叫诚太郎，15岁；妹妹缝子比哥哥小3岁。

除了诚吾之外，代助还有个姐姐，嫁给了一位外交官，现在同丈夫一同待在西洋。诚吾和这位姐姐之间，姐姐和代助之间，各有着一位兄弟，这两人都早夭，后来，母亲也死了。

代助全家就只有这么多人了。住在外边的只是那位住在西洋的姐姐，以及最近才另立门户的代助。留在老家的老少共五口人。①

---

① 陈德文译，《从此以后》，湖南人民出版社，1982，第21—22页。

通过以上代助家族情况的介绍，连载小说的读者马上会意识到代助的父亲长井得如何在明治时代叱咤风云。首先，长井得参加了维新时候的战争，根据年龄推算，这个战争指的应该是戊辰战争，那么长井得加入的是战败的幕府一方，还是战胜的萨摩长洲藩阀一方呢？从长井得曾经做官、能够在明治时代做官这一点，可以想象一定是参加了获胜的萨摩长洲藩阀一方。长井得从官位上退下来之后，进入实业界，一定是利用自己在政府中的背景人脉赚了钱，所以“这十五年来，成了赫赫有名的大财主”。小说《其后》是从1909年6月开始连载的，那么十五年之前就是1894年左右，也就是中日甲午战争爆发的时候，读者可以想象代助的父亲是在甲午战争的时候利用与政府的关系赚了大钱，“自然而然地攒了些金钱”这种事情是不可能的，而长子诚吾结婚也是在那个时候，必定是政治联姻。

十年后的1904—1905年爆发了日俄战争，战争中投资军需产业的人如果没有内部消息，以为战争会持续下去，继续买入军需产业股票，大多不能逃脱破产的命运。代助的姐姐嫁给了外交官，随夫君同在欧美，日本政府与欧美列强各国进行外交谈判的各种消息自然会从外务省的渠道获得，何时谈判，何时缔结和约，何时停战各种消息都是近水楼台，自然懂得何时应该抛售军需产业的股票。总而言之，长井家族利用在政府的关系，赚了大钱。《其后》中仅仅数行的描写就促使读者通过想象，了解了一切。

《其后》连载开始时，日俄战争已经结束4年，日本正面临战后经济不景气的状况，不过在日俄战争中大捞一笔的人已然成为财界大佬，《其后》连载时，报上正在刊登财界成功人士的专访。连载小说《其后》的读者马上就会领会这些财界大佬是如何积累财富的。

与代助一家形成鲜明对比的则是平冈和三千代。代助借钱给三千代之后，三千代从抽屉里拿出身在北海道的父亲的来信，给代助看。

信上说，他在那边很不如意，物价高涨，生活困难，又没有亲戚朋友照料，诸多不便，想到东京来，问女儿行不行。上面写的尽是些令人伤心的事情。代助仔细地把信叠好，还给三千代。这时，三千代的眼眶里噙满了泪水。

三千代的父亲，过去曾经有过为数不小的田产，日俄战争时，在别人的怂恿下，因购买股票折了本，他狠着心把祖上的田产全卖光，到北海道去了。代助在看到这封信之前，一直不知道他的消息。三千代的哥哥在世的时候，经常向代助说，他们家没有什么亲戚，三千代只是靠着父亲和平冈生活过来的。①

代助的父亲通过从女婿那里获得的内部消息，知道何时从股票市场收手，而三千代的父亲没有这种消息来源，最终投资失败，结果被迫卖掉首都圈的全部田产，只身前往北海道。日俄战争中大捞一笔之人与倾家荡产之人的差距就这样产生了。三千代能够依靠的只有丈夫平冈，而平冈辞去关西地区银行的工作后一直在找工作，最终决定去

① 陈德文译，《从此以后》，湖南人民出版社，1982，第168—169页。

报社的经济部当记者。小说中平冈向代助告知这一决定时，有如下描写：

“光日糖事件还显得不够啊。”这时平冈神秘地笑着，好像牙缝里塞满了什么东西一样。代助喝着闷酒，谈话越来越没有什么兴头了。是实业界内部的情况引起了平冈的联想还是别的什么原因呢？他突然向代助大肆吹嘘起当年中日甲午战争时期，关于大仓公司的一段轶闻来了。据平岗说，当时按规定，大仓公司要供应广岛的军队几万头牛作为给养。他们每天交去几头，夜里又悄悄偷出来，第二天佯装不知，再把牛送回去。官府每天花钱买的还是原来那几头牛。最后发觉了，就在买来的牛身上打了烙印。可是大仓的人不知道，又去偷了回来，第二天照样若无其事地牵去卖，这下子可就露馅了。[①]

平岗这段话讲了大仓公司当年在陆军那里做了不少坏事。大仓公司的创始人大仓喜八郎一代暴富，组建了康采恩企业集团。甲午战争期间大仓公司通过向陆军虚假提供牛一事就赚了很多钱，可是却没有受到任何处罚。当时，大仓公司几乎垄断了所有向陆军兵站提供军需物资的工作，后来又在日俄战争后进军中国市场，从事矿山开发，可以说是九一八事变的主要幕后推手。虽然，九一八事变的时候，漱石已经不在人世，但是漱石早在小说《其后》中就揭露了大仓公司的敛财恶行。

---

① 陈德文译，《从此以后》，湖南人民出版社，1982，第 172 页。

大仓喜八郎于江户幕府末年在江户经营枪炮店，为萨摩长洲藩军队提供最新锐的枪支武器，帮助萨长军队在戊辰战争中获胜，从而在明治维新之后成为军队的御用商人，利用政府的军需预算日益壮大，发展成为日本军需产业的“重镇”。小说《其后》连载时，《朝日新闻》在同一版面刊登了明治富豪创业史的特辑，大仓喜八郎名列其中。创业史特辑中没有提及任何大仓公司的丑事，而漱石却在小说中进行揭露，由此可以看出作家夏目漱石对于战争、对于财阀、对于日本近代社会犀利的批判意识。

《心》：人的罪恶

自1914年4月20日开始，夏目漱石分别在《东京朝日新闻》和《大阪朝日新闻》同时开始连载共计110回的小说《心》。其中，《东京朝日新闻》仅有5月24日、25日、26日，6月22日共4次停载，于8月11日结束连载。《大阪朝日新闻》经历5月24日、25日、26日，6月10日、14日，8月1日、2日、3日、5日、9日共10次停载，于8月17日结束连载。小说《心》的单行本于同年9月由岩波书店出版。在序言中，漱石写道："以往书的装帧都拜托专业人士，这次一时兴起想自己做做看，从书套、封面、环衬页、扉页到版权页的设计、题字、红色官印、检验章全部都是自己设计、绘制。"《心》也是刚刚成立的岩波书店出版的第一本书，直到今天该出版社刊行的《漱石全集》的装帧仍然沿用这一样式。

连载开始之前，漱石在报上发表连载预告，说此次想写几个短篇，本来想给每个短篇起不同的名字，可是预告上需要一个总体的标题，于是决定以"心"为题名。《心》之前连载的《梦十夜》采用系列短篇的形式获得好评，之后的《春分过后》开始连载时，漱石也表示曾经采用连续短篇的形式，最后将各个短篇再组合成为一个长篇，期待以这种形式在报纸上连载的小说受到读者欢迎。因此在开始计划创作小说《心》的时候，漱石同样也构想的是一个系列短篇。连载结束之后，在单行本发行之际，漱石在序言中说，这个作品并没有按照连载开始之前的构想，在撰写第一个短篇《先生的遗书》过程中，他不知不觉越写越长，最终该篇独立刊行了。不过《先生的遗书》也由三个姊妹篇构成，分别名为《先生和我》《双亲和我》《先生的遗书》，作为整体的书名，漱石觉得《心》也不错。最终单行本的《心》共分为上中下三卷，上卷《先生和我》36回，中卷《双亲和我》18回，下卷《先生的遗书》56回，共110回。

一百多年前的作品《心》经历日本国家政治体制的变化、社会的变迁、文化人心的巨大变化之后，至今仍然拥有众多的读者。小说《心》于1956年第一次被清水书院出版的《高等国语二》教材收录（上卷《先生和我》的节选），教材中将小说《心》的主题确定为：先生在恋爱中背叛自己好友的行为使先生产生强烈的罪恶感，为自己的利己主义所苦恼，基于伦理意识，对自我的存在感到绝望，最终选择自杀。1963年，筑摩书房出版的《现代国语二》再次收录了小说《心》（下卷《先生的遗书》的节选）。进入20世纪70年代以后，小说《心》成为日本高中国语教材的经典篇目，一般采用下卷《先生的遗书》中先生自杀前后的部分。

《朝日新闻》在小说《心》连载一百年后的2014年4月20日，重新开始连载小说《心》，至9月25日连载结束。无论是题字，还是篇幅都再现了当年连载时的原貌。一百年之后的连载再次受到好评，引起日本各大出版社出版的文库普及版的《心》再度热销。以新潮文库为例，小说《心》原本就是畅销书，每年印刷3万部左右。2014年的销售量升至往年的2倍，截止到同年7月，新潮文库的《心》累计发行量突破了700万部。

在《先生和我》这一卷中，高中生“我”偶然在镰仓的海水浴场结识了先生，为其人格魅力所吸引，回到东京后一直出入先生家，交往频繁。先生和太太两人过着平静的生活，却没有上班工作。“我”十分惋惜先生的学识没有为社会上的人了解，同时又为先生不受世俗价值左右的高尚人格所折服。可渐渐地，“我”对先生的言谈行动产生了疑问，感觉先生过去一定有什么秘密，让人无法捉摸。“我”终于下定决心追问先生过去究竟发生了什么事情，让先生会有现在的思想。先生表示相信“我”认真的态度，将来一定把自己的过去和盘托出。

接着故事进行到《双亲和我》之卷。不久，“我”大学毕业回到故乡，受到先生思想的影响，不满父母期待自己大学毕业后出人头地，而十分怀念和先生在一起的日子。就在这时，明治天皇病重的消息传来，紧接着，天皇驾崩、乃木大将夫妇殉死的消息接踵而至。此时父亲的病情也开始恶化，我通知哥哥和其他亲戚父亲病重的消息，却突然收到先生寄来的长长的书信。当“我”意识到这是先生的遗书时，马上丢下病重的父亲乘火车赶往东京。

在《先生的遗书》一卷中，先生在遗书中向“我”坦白了他曾承诺告诉“我”的他过去的秘密。先生读大学时，被一直信赖的叔父侵吞了父母留下的遗产，从此不再相信任何人。不过先生还是拿到了一些遗产，应付一个学生的生活花销绰绰有余。先生借宿在一个战争遗孀的家里，喜欢上了那家的小姐，尽管如此他对这对母女仍然不能完全信任。就在这时，先生开始资助同乡的友人K，K严以律己，一心向上，为了寻求自己应该前进的“道路”，他欺骗供养自己上大学读书的养父母，不想按照养父母的意志，毕业后继承养父母的家业，最终K选择向养父母坦白，结果养父母和亲生父母决定与K断绝关系。先生对于这位友人克己修行、追求理想感到十分敬畏，同时试图通过让K和自己一起借宿来软化K坚硬的心。先生的计划看似就要成功，就在这时先生发现K也喜欢上了房东家的小姐。先生十分痛苦，觉得K和小姐都令人怀疑，不料这时K来向先生告白他对小姐的爱恋，先生内心摇摆不定，不知该如何回答。被K抢占了先机的先生，决定瞒着K向房东太太求亲。K从房东太太那里听说此事之后，留下一封简短的遗书自杀身亡。先生这才发现自己原来和叔父没什么不同。和小姐结婚之后，先生一直为罪恶感折磨着，选择与世隔绝，静悄悄地过日子。先生深爱着小姐，但是每每由小姐想起自己对于友人K的背叛，原本幸福的婚姻因而笼罩上了一层阴影。就这样过了很长时间，先生受到明治天皇驾崩和乃木大将殉死的刺激，给我留下一封长长的遗书，终于走上自杀之路。

当好友K向先生告白对于小姐阿静的爱慕后，先生在爱情与友情之间挣扎苦恼，最终决定抢先下手向房东太太求亲。之后，K自杀身亡。作为当时的高级知识分子，先生在恋爱方面背叛了好友，和当年背叛自己的叔叔没有分别，先生开始不能相信自己，不能相信妻子，陷入对人类的极度不信任之中。先生意识到自己的执念，为罪恶感所折磨，感到自己已经落后于时代，最终为“明治的精神”殉死。青年“我”与先生处于一种精神上的父子关系，是先生的忏悔录——遗书的忠实收信人。小说《心》拷问的是过度相信自己，无法停止怀疑他人的知识分子自我的存在方式，小说描写的是知识分子无法回避的近代人的自我执念与意识到这一点的先生的苦恼。

在创作小说《春分过后》时，后半的《须永的故事》《松本的故事》都采用了第一人称叙述形式，之后的作品《行人》也以第一人称叙述者“自己”（长野二郎）进行叙述，其中穿插引用了“H”的书信。小说《心》继续沿用这一形式，前半叙述“我”（没有名字的一个青年）与先生相识交往的经过，后半则采用先生寄给“我”的遗书这一书信体。小说中作者彻底隐身，仅以情节中出场人物的话语进行叙述。虽然连载之前构想的系列短篇形式最终没有实现，但是叙述主体的独立性得以成立，从而使该小说在叙述主体及其定位方面为此后日本近代小说的创作做出了有益的尝试。

小说的故事依然采用漱石此前反复使用的两男一女三角关系的布局，在小说《心》中，这种三角关系的紧张一直持续到主人公的死。《心》之后创作的《道草》是漱石唯一一部自传体小说，与以往虚构的故事结构不同，而遗作《明暗》是未完之作，因而小说《心》成为漱石小说创作中故事结构的集大成之作。

小说《心》发表之后，并未受到太多的关注，为数不多的评论也并非以褒奖为主。漱石最得意的弟子小宫丰隆认为小说有四处缺点：首先先生在友人 K 自杀后，为罪恶感所折磨的过程中内心活动没有仔细交代；其次是先生为何对自己的罪恶感不做任何辩白；再者就是先生很爱小姐，但是好像并未期待小姐对自己的爱；最后就是全篇有多处内心活动未做交代，例如“我”丢下病重的父亲赶往东京时的心理、先生目睹友人 K 自杀前后的心理、先生最终决定自杀时的心理等等。小宫认为小说《心》的主题围绕着一位学识渊博、诚实、具有强烈伦理意识的绅士因为自己背负的过去的因果，不知该如何把握自己对待人生的态度展开。而小说中未做描写的部分则是小宫关注的重点，可以说正因为先生的诸多心理活动在小说中未做交代，因而使读者产生先生为什么会最终选择自杀的疑问，直到今天这仍然是《心》研究的一个重点。

二战后选用夏目漱石的作品作为高中国语教材时，最先被采用的是小说《草枕》，那时教材附录的漱石作品年表中甚至都没有提及小说《心》。之后《三四郎》《其后》也被选作教材，而《心》又过了一段时间之后才进入国语教材。教学中主要引导学生理解正是主人公内心的利己主义使他最终背叛了友人。《心》作为高中国语教材逐渐经典化，其实反映了日本战后社会主导言论的走向。以往的国语教育试图推进个人积极参与社会与历史的进程，之后开始转换方针，重视个人的内心。20 世纪 70 年代，日本社会体系发生显著变化，社会主导言论也随之发生变化。此后，小说《心》的教学开始强调近代个人主义思想需要否定的一面，战后确立的民主主义一直强调的“个人”至此开始受到质疑。

近年来关于小说《心》的研究出现了很多新颖的观点。山崎正和关注小说中频繁出现的“寂寞的人”一词，指出这种寂寞是一种空虚感的体现，可以视为一种与他人联系能力的缺失。山崎认为先生在感情方面十分被动，缺乏主动去爱的能力，因而只能通过他人激起自己的嫉妒心。这种奇特的恋爱方式在漱石文学中反复出现，《其后》中代助从平冈手里夺回三千代，《门》中宗助从安井那里夺走阿米，而《心》中先生从好友 K 那里抢走了小姐阿静。正因为人物内心缺乏某种决定性的冲动，同时又要表现得像是爱一个女人，为了制造这种虚假的感情，只能利用自己的友人。因此漱石文学中主人公动辄陷入某种三角关系之中。《心》中的先生拘泥于“人的罪恶”这一概念，这种罪恶意识已脱离某一具体的事件，与此同时，自我惩罚也从罪恶意识中游离出来，成为最终的目的。归根结底，漱石文学的主人公们对于近代自我这一概念的根本前提——自我是一个永恒而同一的实体这一点表示怀疑，所谓“寂寞的人”就是指这种不安定的、存在主义式的自我。存在主义哲学在二战之后才开始流行，而夏目漱石早在此前就已经是一名存在主义者了。

石原千秋则从弗洛伊德的俄狄浦斯情结入手解读小说《心》。他认为，先生父母去世，又被叔父背叛，一直没有经历成人仪式，也就是象征性的“杀父”仪式。因此，先生将友人 K 作为这个“杀父”仪式的对象，先生故意邀请 K 与自己同住，让 K 有接近小姐的机会，在学问和容貌方面逊色于 K 的先生，设法在爱情方面战胜了 K。K 并非因为先生的背叛而自杀，第一次被先生责难“一个在精神上没有进取心的人，就是混蛋”的时候，K 就已经打算自杀了，不巧的是，当晚K拉开隔扇门的时候，先生还没有就寝。当然，先生并非毫无过错，他把自恋的K带入爱情之中，使K意识到自己是孤独一人。原本意识不到他者的人是不会感受到孤独的，也就是说，是先生让K体会到了这种孤独，从而导致了K的自杀。

小森阳一的解读更具震撼力。他认为以往的研究者都在美化先生的自杀，从而使小说《心》将“伦理”“精神”“死”等父系社会的绝对价值置于中心地位，发挥一种国家意识形态装置的功用。年轻读者在先生充满伦理意识及精神意味的自杀面前跪拜，意识到自己的渺小，意识到自己伦理意识与精神意味的匮乏，在如同“神”一般的作者面前进行自我反省。小森认为，青年“我”是在自己创作的手记中引用了先生的遗书，就是说，小说《心》是通过“我”的书写行为将先生的遗书公之于众的文本。在“我”的书写中，体现了“我”与先生的不同。“我”丢下病重的父亲赶往东京，并不是去找先生，而是去找被先生丢下、孤单一人的太太。小森的大胆解读受到关注，根据小说改编的电影《心》，就在最后添加了一个结尾：“我”在先生自杀后，来到先生家里与太太见面。

近年来，小森阳一又从战争角度重新解读《心》。小说中描写先生在遗书中讲述自己为何决定自杀：

我在报上读到一段乃木大将死前立下的遗书：“自从西南战争时被敌人夺去军旗以后，为了这个过失总寻觅着死的机会，而终于活到了今天。”读了这段记述时，我不由得屈指计算了乃木先生决心一死，而又活下来的年月。西南战争爆发在明治十年，所以到明治四十五年时，已达三十五年之久。在这三十五年中，乃木先生似乎总是想着死，而一直等待着死的机会。在他看来，是活三十五年痛苦，还是把刀刺入胸中的一刹那间痛苦呢？我简直无法想象。

随后过了两三天，我终于下了自杀的决心。正如我不大理解乃木先生的死因，也许你也不会确切地理解我自杀的道理。倘若真的如此，那便是由时代变迁而造成的人的差异，是无可如何的。确切地说，或许是个人的天性不同吧。总之，我仿佛是在最大限度，让你理解这个神秘的我似的，用这些事情来剖析自己的一切。[①]

陆军大将乃木希典在明治天皇葬礼当日，与妻子静子一起殉死。第二天，报纸上刊登了乃木大将讲述自己为何殉死的遗书。先生读了这封遗书，当然小说《心》的读者也在几年前读过这封遗书，自然也会与先生一起联想起乃木大将的这“三十五年”。两三天后，先生下定决心自杀，由此读者可以明确判断先生决心自杀的日期。对于小说《心》来说，明治这个时代就是明治天皇的驾崩及乃木大将的殉死，还有陪同乃木殉死的妻子静子的死。而先生的妻子、当年的小姐名字也是阿静。读者由此清晰地回想起两年前关于明治天皇驾崩的一系列报道。

在小说《心》连载过程中，明治天皇之妻昭宪皇太后也死于和明

---

① 董学昌译，《心》，湖南人民出版社，1982，第200—201页。

治天皇同样的疾病。这样一来，小说《心》一边与每天报纸上报道的各种现实事件相呼应，唤起读者的各种记忆，一边促使读者思考着各种关于明治时代的问题。

先生到底为何决定自杀？追根溯源，在于K的自杀。先生原本与战争遗孀和她的女儿一起住在小石川，后来K也一起住了进来。再之前，先生的父母相继因为伤寒过世，叔父骗取了先生应该继承的很多财产，被先生发现，经友人居中交涉，先生最终把父母留下的土地及其他财产变卖。

我的老朋友照我的要求办了，不过，那是我到东京过了很久之后的事了。在乡下卖地，也不是那么容易的。因为一旦给人家发现短处，便要打许多折扣，所以我实际所得到的金额，同时价相比亏了许多。坦白地说，我的财产只有我私藏的家里的若干公债，和后来这位朋友送来的钱。以此作为父母的遗产，一定比原来大为减少了。而且这又不是我甘愿减少的，因此心情越发郁闷了。但是，对于一个学生的生活来说，那简直太富裕了。说实在的，我连这些钱的利息的一半也没用完。我这阔绰的学生生活，却把我拖进了做梦也想不到的境地里。[①]

这里所说的“意料之外的境遇”，就是指K的自杀这一小说的主要事件。先生把遗产换成钱之后，存入银行，日常开销只要利息的

① 董学昌译，《心》，湖南人民出版社，1982，第119页。

一半就足够了，这就意味着另一半利息可以计入本金，产生更多的利息。换句话说，可以再负担另外一个人的生活开销。

K 本来应该遵从养父母的意志，升入医学部，但是他欺骗了养父母，与先生一起进了文学部，因而被养父母断绝关系，切断经济来源。K 通过打工挣学费和生活费，可是临毕业之前，陷入困境。先生见此，邀请 K 一起借宿，用多出来的一半利息负担 K 的生活。由此导致先生、K 和小姐之间的三角关系。这样一来，“万恶之源”在于先生是食利阶层。

当时，先生为何能够依靠利息生活呢？因为当时银行有稳定的存款利率，小说通过小石川这一地点暗示着当时的社会状况。

那家住的是军人的家属，直截了当地说，就是遗族。总之，主人是在中日甲午战争时死去的。大约一年前，她们住在市谷的士官学校附近。因为那所带马厩的房子太空旷，便卖掉了它搬到这里来了。可是家里人口少，非常冷清，便托付过她，若有合适的人请帮个忙。老板娘还告诉我，那家除了孀妇，一个女儿和女佣人之外，再没有别人了。我心中暗想，只要清静就行。可是又担心，像我这样的学生突然闯进那样的家庭，会不会给人家找个不知底细的借口，马上拒之门外？我有点却步了。然而，我虽然是个学生，衣着却不那么寒碜，而且还戴着一顶大学生的帽子。你会笑我吧，为什么要戴大学生帽？那时候的大学生跟现在不同，在社会上颇有信誉。我在这种场合戴上四角帽，便可以显示出一种自信。我按照点心铺老板娘的指教，没经任何介绍，便去访问那位军人的遗族。[1]

小石川房东的太太和女儿正是中日甲午战争的战争遗属，而且一年之前住在市谷士官学校附近带马厩的宅邸里。市谷士官学校一带就是今天日本防卫省所在地，即便今日也属于东京的正中心。而小石川一带当时是陆军炮兵工厂，是大日本帝国军需产业的重要据点。中日甲午战争时，小石川一带是新开发的住宅区，很多从乡下到东京打工的人都住在这一带，也就是说是郊外，地价很便宜。

房东太太卖掉东京市中心带马厩的府邸，到郊外的小石川买一幢小房子，这其中有很大的差价，可以想象房东太太把这笔钱存进银行，获取利息。丈夫在中日甲午战争中战死，一定还会有军人的抚恤金，不过仅靠这些利息和抚恤金不能维持生活，所以房东太太想找一个借宿的人，刚好先生看中了这里。先生仅靠一半的利息就可以生活得很好，对于房东太太来说，是求之不得的房客。所以先生起初怀疑房东太太想撮合自己和她女儿在一起。

不仅如此，先生对于自己大学生的身份很有自信。这是因为在中日甲午战争之前，日本的国立大学仅有东京帝国大学这一所。小说《心》中的青年“我”是明治末年大学毕业的，当时的帝国大学已经有五所了，日本第二所帝国大学京都帝国大学创建于 1897 年，因此先生借宿在房东太太家里一定是这之前的事情；而房东太太的丈夫在

---

① 董学昌译，《心》，湖南人民出版社，1982，第 120—121 页。

中日甲午战争期间（1894—1895）战死，一年后房东太太卖掉了原来的房子，那也就是 1896 年左右的事情。青年“我”的父母死于伤寒，小说《其后》中三千代的哥哥也死于伤寒，漱石小说中经常出现死于伤寒的人物，这是因为到国外打仗的士兵受到日本没有的细菌的感染后回到国内，导致传染病的流行。如此看来，先生的父母在中日甲午战争期间相继过世后，被叔父侵吞了部分遗产，先生把变卖父母留下来的土地获得的钱财存进银行，靠利息过着富裕的生活，所有这些情节都与中日甲午战争有关。

1897 年京都帝国大学的创建也是因为日本在中日甲午战争中获得 2 亿两白银的巨额赔款。之后作为德法俄三国干涉还辽的补偿，又获得 3000 万两白银的赔款。日本政府不仅依靠巨额赔款又创建了大学，更是以此为储备，于 1897 年加入欧美列强的金本位制货币体系，所以先生才得以依靠银行稳定的存款利息过着富裕的生活。而先生从父母那里继承的公债，显然正是中日甲午战争时发行的国债。

如此看来，小说《心》是一部以中日甲午战争为背景的小说，小说中出场人物的生活状态与战争有着密切的关系。

总的来说，这部发表于 1914 年的长篇小说《心》以浓重的笔触探究了近代知识分子的“利己主义”与伦理观的斗争，堪称日本近代文学史上心理小说的名篇，因而一百多年来一直吸引着众多读者，而研究者也从方方面面对此进行解读，令这部作品历久弥新。

即便不是从事文学研究的人，也可以从这部作品中发现能够为己所用的东西。有日本的政治学者认为，近代日本特别是战后日本所尊崇的第一价值就是自由与自我意识。而漱石早就告诫读者，自由与自我意识只能给人带来孤独，漱石所描绘的“时代病症”不仅仅是日本，更是经历现代化与经济高速发展之后，全世界的人们所面临的共同问题。

《道草》：漱石唯一的自传体小说

长篇小说《道草》于 1915 年 6 月 3 日至 9 月 14 日在《东京朝日新闻》和《大阪朝日新闻》连载。同年 10 月，由岩波书店刊行单行本。《道草》是夏目漱石生前创作的最后一部完结作品，此后创作的《明暗》因作家病逝而未完成。

《道草》是一部自传体小说，取材于漱石写作《我是猫》前后的个人生活。主人公健三就是夏目漱石，而向健三索要金钱的岛田就是漱石的养父盐原昌之助。

夏目漱石，原名夏目金之助，他出生时，父亲 50 岁，母亲 42 岁，现在认为老来得子，是令人高兴的事情，但在当时，金之助已有 3 个哥哥，母亲这么大的年龄又生了一个孩子，是让父母抬不起头来的事情。于是出生之后不久，金之助就被送给盐原昌之介做养子。可是盐原与妻子关系不睦，有了外遇离家出走，金之助又被送回夏目家。回到夏目家之后，金之助仍然用盐原金之助的名字上学读书，在学校每天使用盐原的姓，可回到家里又变成夏目的姓，这种在两个姓氏之间割裂的日子一直持续到金之助 20 岁左右。就在这时，家里最优秀的长兄和二哥相继因结核病过世，三哥也生了结核病。年迈的父亲意识到这样下去家里没有儿子继承家业，照顾自己老后的生活，于是决定和盐原昌之介交涉，解除收养关系，让儿子金之助恢复原来的户籍。

这时的金之助学业优秀，将来进入东京帝国大学已成定局，盐原昌之介强调这都是自己教育的结果，为此自己在金之助的教育方面开支很大，盐原昌之介详细计算了金之助的教育费和抚养费之后，要求夏目家偿还。金之助的父亲无法一次性支付，所以写了一个字据，先支付一部分，之后再分几次支付，这样双方不再有道理人情的亏欠。金之助也在这个字据上签名，但因为恢复户籍的手续还在办理之中，因而字据上没有写姓氏，仅有金之助的名字。一个 20 岁的青年，对于自己被像商品一样买卖的事实所伤害，从此非常厌恶“金之助”这个本名。

有人认为，《道草》中的妻子阿住身上有夏目漱石的夫人镜子的影子，故在此简要介绍一下镜子夫人。夏目镜子，原名中根镜子，是旧福山藩士、贵族院书记官长中根重一的长女。夏目漱石和镜子相亲时，漱石为表里如一的镜子所吸引，而镜子也很满意漱石的稳重，两人于 1895 年结婚，育有两男五女。镜子家境优越，小学毕业后没有继续上学，而是由家中聘请的家庭教师进行教育。婚后，镜子还是一如既往，不擅长家务，有时会睡懒觉，让漱石没吃早饭就去上班。因为不习惯婚后的生活，曾经发作歇斯底里的症状。因为镜子与当时社会崇尚的贤妻良母的形象相差甚远，漱石的弟子很不满意，于是传出了“恶妻”的评价。其实，据镜子夫人回忆，漱石自己因为神经衰弱，在家里经常发脾气，甚至打孩子。但是镜子夫人非常理解漱石，知道他有暴力倾向的时候，也是他神经衰弱最严重的时候。对漱石的弟子，镜子夫人也非常照顾。

1929 年，由镜子夫人口述、漱石的弟子松冈让笔录的《漱石的回忆》一书面世，书中真实记录了漱石家庭不为人知的一面：结婚的原委、现实中的“猫”、被小偷偷走的和服被缝补好后送了回来的事情、漱石拒领博士称号之事、放任女儿但对儿子的教育十分严厉的漱石、与疾病斗争的漱石等。书中详细描述了夏目漱石的为人处世，让读者觉得大文豪漱石非常平易近人。应该说，按照现在的标准，镜子夫人是一个心直口快、包容大度的妻子。通过《漱石的回忆》中镜子夫人毫无隐瞒的讲述，可以看出镜子夫人非常理解漱石的为人，漱石极度的一丝不苟与镜子夫人的毫不拘泥小节形成鲜明的对照，二人是很好的互补关系。从镜子夫人的讲述中可以看出，她十分爱惜漱石，如前所述，漱石从小到大很少感受到家庭的温暖，有时候不知道如何去爱别人，能够为镜子夫人如此珍惜、爱护，可以想见丈夫漱石是幸福的。

小说《道草》共有 5 个主要出场人物：回国后在大学教书的健三，妻子阿住，健三同父异母的姐姐阿夏，阿夏的丈夫、健三的姐夫比田寅八，健三的养父岛田。

健三回国后住在东京驹込，担任大学老师，每日专心于教学与写作，家里有妻子阿住和两个女儿。在妻子阿住眼里，健三是一个只顾自己、爱讲歪理的怪人；而在健三看来，阿住没有同情心和理解力，是个倔强的女人。虽然两人都想拉近彼此的关系，但是却并不如意。

健三的父亲已经过世，还有一个非常年长的哥哥长太郎，一个比自己大 16 岁的姐姐阿夏，另外，曾经的养父岛田身体还很好。一日，十五六年前就已分开的养父岛田突然派了一个代理吉田过来，说岛田心地善良，总是借钱给别人，搞得自己现在也很拮据。健三意识到这是在婉转地要求自己提供经济上的资助，但是自己的第三个孩子年底就要出生，手头没有闲钱。于是健三委婉地回绝了访客，可是之后吉田还是经常过来要钱。健三出于之前的情面，不情愿地满足养父的要求。后来，养母阿常也来找健三要钱。

健三的姐姐阿夏住在四谷大街，姐夫比田寅八其实是健三的表兄，之前一直在四谷的区政府工作，后来辞掉了工作，终日看戏、逛曲艺演出场，几乎不回家。健三到阿夏家里，询问岛田的住处。姐姐老了很多，哮喘病也严重了，希望健三每个月再多给她些零花钱。可是当天阿夏叫了高级寿司店的外卖，之前岛田来家里的时候，每次还请岛田吃鳗鱼饭，一点不知道节俭。

健三和阿住结婚七八年了，阿住很少提起自己的家人。一日，结婚前仅仅一起吃过一次饭的阿住的父亲突然来访。以前都是戴着真丝帽子、穿着礼服大衣到官邸上班的岳父，如今连外套都没有，于是，健三把自己的旧衣服给了岳父。岳父做官失败，希望能够就任关西一家私营铁路公司的社长。虽然他认识一些银行家、实业家，但是要想当上社长，必须持有几十股公司发行的股票。健三虽然没有义务一定要帮助岳父，但是在怀孕的妻子央求之下不好拒绝。健三四处奔走，终于筹集到了 400 日元，这相当于他三个月的工资。健三虽不情愿，却不知不觉间成了所有亲戚“活力的轴心”。

与此同时，健三和阿住的关系日益恶化，健三甚至让怀孕的阿住回娘家住了一个夏天。阿住开始出现歇斯底里的症状，逐渐成为健三面临的大问题。健三只有在拼命照顾阿住的时候，才深刻意识到自己和阿住之间的联系纽带。阿住突然临盆，来不及叫医生，健三只好自己给阿住接生。

快到年底的时候，岛田的代理人又来了，当时健三正忙着改考卷，也来不及洗掉手上的红墨水，赶紧到客厅。客人穿着条纹外套，脚上一双雪白的日式短布袜，看上去像是经商的一位绅士。客人说，当年自己也和岛田一起照看过儿时的健三，这是最后一次来访，希望能够拿到一笔钱。

由健三的哥哥长太郎和姐夫比田做中间人，第二年年初，健三终于解决了这个问题。“收到 100 日元，以后断绝一切关系”，这张崭新的字据上盖着岛田的印章，而另一张发黄的字据则是自己 7 岁时，父亲把自己从岛田手里“赎回来”的时候签的。健三想起自己小时候被父亲当成累赘的事情，现在一切结束了，终于可以把这张旧字据撕掉了。

阿住非常高兴，觉得一件事终于解决了，可是健三却给阿住泼了一盆冷水，说道：“这世上不可能有彻底解决的事情。”

《道草》发表后不久，赤木桁平就在《读卖新闻》上发表了评论文章。

健三渴望爱情，妻子也渴望爱情，两人都具有强烈的爱的意愿，但是二人自我意识极端强烈的性格，加之健三特殊的个性使得妻子难以理解他，两人最终未能实现精神上的拥抱，只能一直持续着爱的战

斗。（中略）

健三是寂寞的，他一直希望能够获得理解，因为无法从外界获得这种理解，他越发希望从妻子那里得到双倍的理解。但是，他发现这终究是一种奢望，这让他感受到一种无法消解的寂寥、一种无法平复的焦躁。（中略）

因而，健三和妻子的交往中一直伴随着性格上的“必然”和心理上的“必然”。读者看到二人在这种“必然”驱使之下的命运，只能感叹束手无策。这是作家的成功，作品成功描绘了健三和妻子之间奇特的夫妻关系。①

赤木桁平没有将健三和妻子视为上下关系，而是在一种对等关系中进行解读，认为两人在一个圆上转来转去，最终无法相遇。可以说赤木桁平是至今为止最精准地对《道草》中的夫妻关系进行分析的评论者。

自然主义文学的代表作家兼评论家正宗白鸟也撰文评论《道草》。他认为，漱石是一个非常擅于写文章的通俗作家，漱石的文章具有“轻妙的味道”及“机智的诙谐”，这是因为漱石出生于城市。白鸟认为，漱石的小说令人感觉过于看重情节，也许是意识到了大多数读者的缘故。如果漱石没有在报纸上连载小说的义务，能够像《草枕》《我是猫》《哥儿》那样自由即兴创作，那么漱石的文学一定会更好。

---

① 石原千秋，漱石はどう読まれてきたか，新潮社，2010，第72—73页。

作为《朝日新闻》的专属作家，漱石的写作意识必然与偶尔在报纸上发表文章的作家不同，很多评论都注意到，漱石出于作为专属作家的职业意识，每每把报纸连载时的事件风物写入小说，来吸引当时的读者。也许正因为如此，在同时代评论家看来，漱石更像一名通俗作家。

《道草》是夏目漱石唯一一部自传体小说，一般认为该作描写了身为大学教师的主人公健三留学归来以后，对于亲戚们不时来要钱感到心烦，他一直搞不明白这些亲戚活着的目的到底是什么，但是又不能与亲戚断绝关系。健三反省自己为了成为知识分子牺牲的很多东西，最终自己不过是和亲戚们同样的人，人生就是要一直维持着这种亲戚往来。《道草》讲述了近代知识分子在与亲友们的复杂人际关系中逐渐不再将自我的优越性置于绝对位置的故事。

清水孝纯关注以《道草》为代表的漱石文学特色鲜明的表现手法。他用"迂回言语"一词来进行概括，这一概念是俄罗斯结构主义高度赞赏的一种表达方式，其代表人物托马谢夫斯基在《诗学小讲义》一书中将其定义为：避免直接以名称称呼某个概念。现在经常称之为"异化"手法，根据结构主义的理论，通过使用这一手法，为了理解语言的意义将花费更多的时间，从而使读者花费更多时间关注表达本身。

如上文所述，一般认为《道草》是漱石唯一一部自传体小说，自然主义文学要素浓厚，小说表达平白淡然。但是清水孝纯认为，该小说大量使用异化表达方式。例如下面两例：

她深陷的眼睛下面有一个半圆形的浅黑色阴影，眼皮松弛，显得无精打采。[①]

此处是关于健三姐姐阿夏外貌的描写，画线部分其实就是“黑眼圈”的意思。

他所苦恼的只是堆在桌子上的那一二十捆四开日本纸的答案，需要一张一张地加紧往下看。他一边看，一边用红墨水在纸上画杠打圈，加三角符号，再把一个个的数字摆好，费尽工夫作出统计来。[②]

这里的画线部分只要一个词“批改”就可代替。

清水孝纯指出小说《其后》也曾使用很多异化表达，但是《道草》中的异化表达惊人的多。这表示很多日常生活中“通常的意思”都被健三剥夺了，意味着《道草》这部小说描写的是一种根本性的生活意义的缺乏，健三对于生活的认识，其核心隐藏着一个空洞，而小说正是通过异化手法在对这个空洞进行表达。

---

① 柯毅文译，《路边草》（即《道草》），上海译文出版社，1985，第 9 页。第一句原译为：“她眼睛深陷，眼圈发黑”，为了说明原作的修辞手法，在此由笔者采用直译的方法，改译为：“她深陷的眼睛下面有一个半圆形的浅黑色阴影”。
② 柯毅文译，《路边草》，上海译文出版社，1985，第 219 页。

莲实重彦则从一个非常新颖的角度——小说《道草》的修辞手法与健三的经济状况的关联进行了分析。莲实重彦认为，说起健三，马上想到的就是那个因为“高高的衣领束缚着脖子”而全身僵硬，“比一般人站在更高的地方”，每天忙于“在肮脏的草纸上涂抹红墨水”的人。这一连串的换喻表达,令人联想到抑郁的心情、可怜与无可救赎。

以这样一种换喻法表象的健三的职业所带来的收入与一家的生活支出完全相等，这就意味着他“每天坐在桌前”仍然没有任何结余，因而健三每日的生活从经济角度来看也是被“高高的衣领束缚着脖子”，没有任何的自由，捉襟见肘。

打破健三依靠现在的职业只能维持收支平衡局面的正是养父岛田，岛田向健三要钱，想让健三出 100 日元买下之前如同“废纸一张”的字据，健三通过给某杂志写稿子挣到了这笔钱。也就是说，健三费尽心血写成的稿子和如同“废纸一张”的字据是等价的，这促使健三意识到和备课不同，写稿子在获取金钱方面更加有利。这样一来，岛田成为促使健三意识到如何才能通过写作获得财富的“恩人”，是他进行新的书写的源头。

莲实重彦认为，对于健三来说，这样一种语言的诞生，不是来自艺术信奉者孤独的善意，而是基于期待着以此获得金钱的利益打算，这使得小说《道草》显得非常特殊。这样一来，所谓艺术崇拜的思想被彻底击碎，也暴露了所有艺术的物质基础，让所有对艺术的纯粹抱有梦想的人认识到自己的偏见。

一般认为，《道草》描写的是知识分子苦恼于不知如何处理自己与不能理解自己的亲人之间的关系，而吉田凞生则从“家族小说”的角度对该作进行了全新的解读。他认为《道草》描写的是健三的回归，回归现实生活，回归过去和记忆中的“家族”世界。这个世界被无知和私欲所支配，充满着颓废的影子和凋零的颜色。健三并非临时回归，而是这个世界的一员，必须完成自己的角色承担的任务：给自己曾经的养父经济上的资助，担负养家糊口的职责，同时作为丈夫满足妻子阿住在精神上的需求。总的来说，《道草》描写的就是健三对于这样一个抑郁的家族世界产生的内心纠葛。

因而《道草》的情节为健三的心情所左右，以健三为中心形成的人际关系网络与健三的心情交织在一起，构成了小说《道草》的世界。

吉田凞生使用“互惠交换”一词来进行说明。所谓“互惠交换”包括物质与精神两个层面；不属于契约合同，虽然要求有来有往，但不一定是等价交换；答谢有时采取一种间接的善意方式进行；作为一种社会规范获得认可。《道草》描写的正是这样一种“互惠交换”，但是由于精神层面的“交换”没有伴随其中，因而进行得不够顺畅。

吉田凞生认为，健三周围的亲戚都比健三贫穷，但是贫穷不等于说可以因此依靠健三。可是岛田和岳父都想着如何从健三那里捞到好处。健三明明知道他们眼里的自己并不真实，但还是尽量满足他们的要求。为什么会这样？健三自己也不清楚，这就是以“金钱”为切入点解读《道草》可以看到的小说主题。换句话说，在小说《道草》中，原本抽象的、可以计量的金钱转换成为一种具象的、不可计量的“血统、身体、历史”，对此主人公既感到嫌恶，又感到留恋。

江种满子认为，妻子阿住出身开明家庭，性格坚毅，有判断力，也有自己的主见。但是她只有小学学历，与在最高学府执教的知识分子丈夫之间存在着巨大的知识落差。不仅自己家庭的经济来源，还有夫妻各自的亲戚所带来的经济负担完全依靠丈夫一人以繁重的工作获得的收入。这种夫妻关系之下，丈夫在智力与财力方面都处于优势地位，对于日常生活中发生的事情，即便丈夫认为妻子的意见正确，也可以不采纳，加以拒绝。所以妻子阿住经常会发作歇斯底里的症状，这是因为女性一直作为被压制的弱者生存，所罹患上的“性差”之病。

藤森清则从叙述的角度重新解读《道草》，很多论文都指出《道草》中的第三人称叙述者其实和健三有重合之处。藤森指出，《道草》的叙述部分除了用第三人称代词“她”称呼健三的妻子阿住之外，有时也称“妻子”，这意味着叙述者与健三有重合之处。但是叙述者又并非健三本人，比如在健三和阿住谈起健三养父母岛田和阿常因为阿藤的介入而离婚时的场景：

“那么，岛田怎么会跟阿藤……”妻子犹豫了一下。健三不解其意。妻子又接着说：“怎么会跟阿藤好起来的呢？”

阿藤还是年轻寡妇的时候，不知因为什么事，硬要到管理所去。当时岛田心想，一个女人家到那种场所去多么不便，对她表示同情，于是在多方面亲切地照顾她。两人之间的关系，就这样开始建立起来了。这是健三小时候不知听谁说的。如果把这事叫做恋爱，对岛田是否合适？他至今仍弄不清楚。

“肯定还是贪得无厌帮了忙。”

妻子没有说什么。[①]

叙述者在此特别强调“现在的他”“不知道应该如何将恋爱这个词用在岛田身上”，叙述者用“现在的他”来显示叙述者自身的存在，以此来暗示读者理解阿住受到的压抑。阿住的“犹豫”表示出她的压抑，叙述者则提醒读者，阿住受到的压抑是关于“恋爱的意义”。岛田和阿藤的关系是在岛田和阿常的婚姻之外发生，是导致他们婚姻破裂的原因，也就是说是与婚姻制度对立的一种“恋爱”。阿住意识到在自己和健三之间就这种恋爱关系进行交谈并不妥当，健三一定也是如此认为。换句话说，阿住知道健三一直以婚姻关系中的妻子的角色来看待自己，因此压抑着自己从具有“特殊的因果关系”，也就是从与婚姻对立的“恋爱的意义”思考自己和健三的关系。无论是阿住，还是健三，都具有这种潜意识。

叙述者让读者意识到健三和阿住之间这种彼此压抑的关系，阿住向健三提出这个问题，其实也是在问自己和健三之间的关系。健三不知用“恋爱”来解释岛田和阿藤的关系是否合适，其实也是健三不知用“恋爱”来解释自己同阿住的关系是否合适。健三本人没有意识到

---

① 柯毅文译，《路边草》，上海译文出版社，1985，第 142 页。

这一点，但是叙述者注意到了。叙述者提醒读者，阿住在此一直回避使用“恋爱”这个词，这是因为阿住不知道自己和丈夫之间的关系能否用“恋爱”这个词来界定。只有叙述者了解阿住的这种心理，《道草》中能够以“恋爱”来定义的关系，也只有健三和阿住的关系。

小说中的另外一个场景，健三下班回来，阿住在打瞌睡。叙述者在此写道，他连阿住的名字都没有叫。这是小说中第一次叙述者直呼阿住的名字，对于健三来说，阿住是“妻子”，只有对于叙述者来说，这个女性才是“阿住”，这说明阿住对于叙述者来说是一个特别的女性。藤森清认为，这是叙述者对于阿住的“爱恋”，而这才是小说《道草》作为自传体小说自传要素最鲜明的地方，也就是说，藤森清在此暗示《道草》描写的正是漱石对于阿住的“爱恋”。

可以说，夏目漱石通过自传体小说《道草》，将自己的部分个人经历展示在读者面前。当然，该作仍然与私小说不同，不是赤裸裸地暴露自己，而是漱石在精心设计的小说框架中表达自己与妻子、父母、兄弟姊妹等亲人之间的关系。作为一名大知识分子，漱石对于这些关系的观察是深刻而敏锐的，但是亲人之间无法割断的血缘、伦理纽带又是大作家也无法断然舍弃的。

PART 3

夏目漱石在中国

漱石文学在中国的译介

夏目漱石可以说是在中国译介最多、影响最大的日本作家之一。从 20 世纪 20 年代初至今，夏目漱石的几十部作品在中国均已有译本，拥有众多读者，并对中国近现代文学产生了一定的影响。

在中国最早关注并译介夏目漱石文学的是鲁迅、周作人两兄弟。1918 年，周作人在北京大学做了题为《日本近三十年小说之发达》的演讲，较为系统全面地梳理了日本明治维新后 30 年间小说的发展与变迁，认为夏目漱石主张“低徊趣味”和“有余裕的文学”，并翻译引用了夏目漱石在《高浜虚子 < 鸡头 > 序》中的一段话：

余裕的小说，即如名字所示，非急迫的小说也，避非常一字之小说也，日用衣服之小说也。如借用近来流行之文句，即或人所谓触着不触着之中，不触着的小说也。……或人以为不触着者，即非小说；余今故明定不触着的小说之范围，以为不触着的小说，不特与触着的小说，同有存在之权利，且这能收同等之成功。……世界广矣，此广阔世界当中，起居之法，种种不同。随缘临机，乐此种种起居，即余裕也。或观察之，亦余裕也。或玩味之，亦余裕也。

周作人对夏目漱石的介绍和评论，在中国的漱石文学译介史上产生了深远影响。周作人把夏目漱石看作是余裕派，并特别推崇代表“余裕”倾向的漱石前期创作，这对后来中国文坛漱石观的形成影响很大。此后半个多世纪夏目漱石作品的翻译家们，均把漱石看作是“余裕派”，并集中翻译体现“余裕派”特点的前期作品。这是 20 世纪二三十年代夏目漱石文学作品翻译的一个值得注意的倾向。

1923 年，上海商务印书馆出版了由鲁迅、周作人二人合作翻译的《现代日本小说集》，后收录在《鲁迅全集·现代日本小说集》中。其中，鲁迅翻译了夏目漱石《永日小品》中的两篇小品：《挂幅》和《克莱喀先生》。鲁迅在“作者介绍”中对夏目漱石的看法，与周作人完全相同。鲁迅也认为夏目漱石的创作主张是“低徊趣味”，或称“有余裕的文学”，称赞漱石的文学“以想象丰富，文词精美见称。……轻快洒脱，富于机智，是明治文坛上的新江户艺术的主流，当世无与匹者”。

1928 年，谢六逸翻译了夏目漱石的《火钵》和《猫的墓》。紧接着，

1929 年，上海真善美书店出版了由崔万秋翻译的夏目漱石“余裕文学”的代表作《草枕》。译者崔万秋把《草枕》比喻为“一株美丽的馥郁的花”，认为“我现在大胆地把它移植到中国来，请国人欣赏。但美丽馥郁的花朵是否因为土质之不同，气候之差异，来到中国而枯萎……这都很难预料”。但是事实很快证明译者的担心是多余的，《草枕》在中国大受欢迎。民国时期对日本文学的研究与周作人不相伯仲的大家谢六逸，在其著作《< 草枕 > 吟味》(载《茶话集》) 中极力推介崔万秋的《草枕》译本：“我介绍有志于文艺的人都该拿来一读。”谢六逸认为，《草枕》所表现的“东洋人的情趣”在近代资本主义文明的骚动忙乱和“迫切”的生活中，是有着特殊的风味的。由于该译作大受好评，仅 1930 年一年中就出现两个盗版，分别出自上海“美丽书店”和上海“华丽书店”，均署“郭沫若译”。可郭沫若并没有翻译过《草枕》，这两个盗版只是“借用”了郭沫若的大名而已。1941 年，上海益智书店又出版了李君猛的译本。盗版书和复译本的出现，说明《草枕》在中国大受读者欢迎，颇为畅销。

中国翻译出版的第一本夏目漱石的著作选集，是 1932 年由上海开明书店出版的章克标选译的《夏目漱石集》，其中收录了夏目漱石的中篇小说《哥儿》和散文《伦敦塔》《鸡头序》，共 3 篇。卷首题为“关于夏目漱石”的译者序中，介绍了作者的生平与创作，特别强调夏目漱石文学中“非人情”的艺术观，认为《草枕》恰到好处地体现了这种“非人情”的艺术境地。章克标写道：

从这有余裕的小说所引出来的有低徊趣味这一个名字。他说："这是我由便宜而制造出来的名字，别人也许不懂吧。不过大体说起来是指对于一事一物，产生独特或联想的兴味，从左看去从右看去，徘徊难舍的一种风味。所以不叫做低徊趣味，而叫做依依趣味或恋恋趣味也没有什么不可。"……此种风趣，贯流于漱石的全部作品之中，稍一留神就可以发现的。更从这低徊趣味联想过去，还有一种非人情的世界，是主张艺术的一境地中，有一种超越了人情的世界。《草枕》可以算是描写这境地的。

另外，在20世纪30年代对夏目漱石的译介中，值得注意的是《文学论》的翻译。1931年，由张我军翻译的《文学论》于上海神州国光社出版。周作人为之作序，在序中周作人对夏目漱石文学理论给予高度肯定。在整个民国时代，《文学论》是我国翻译的篇幅最长、最为系统的文学概论方面的著作，对当时及之后的中国文坛产生了一定影响，如孔芥编著的《文学原论》第三章"经验的要素"就参照了夏目漱石的《文学论》。

1935年，崔万秋又翻译了夏目漱石前期爱情三部曲之一的《三四郎》。此后，1937年至1949年底的12年间，中国的翻译文学译本只有五十几种，夏目漱石文学的译介更是少之又少。有据可查的仅有在敌伪沦陷区曾出版过的夏目漱石文学的译本，是夏目漱石后期的代表作《心》，译者为徐古丁。

1949年后，夏目漱石文学的译介重新受到关注。1958年，人民文学出版社出版了两卷本的《夏目漱石选集》，第一卷收录了由尤炳圻和胡雪二人合译的《我是猫》。尤炳圻早在20世纪40年代初就开始准备翻译《我是猫》，该书曾被列入由周作人任社长的艺文社编辑、“新民印书馆”拟出版的一套丛书中，当时还曾做过预告，但真正翻译完、出版是新中国成立后的事情了。

此后，《我是猫》在20世纪90年代又出现了两个新译本，分别是1993年南京译林出版社出版的于雷的译本和上海译文出版社1994年出版的刘振瀛的译本，两个版本各具特色，均堪称译作中的杰作。

1987年，上海译文出版社又推出译本《哥儿》，除了《哥儿》之外，还收录了《伦敦塔》《玻璃门内》《文鸟》《十夜梦》等作品。其中，《哥儿》为刘振瀛翻译，其他均由吴树文翻译。1989年，海峡文艺出版社也出版了《哥儿·草枕》，为陈德文所译。《哥儿》这两个译本在译文质量上较之原有的旧译本都有提高。

而集中出版漱石中后期作品的是湖南人民出版社和上海译文出版社。1982、1983年，湖南人民出版社出版了陈德文译的《三四郎》《从此以后》（即《其后》）的单行本；1984年，湖南人民出版社又分别出版了陈德文翻译的《夏目漱石小说选》上、下卷，其中上卷收录了《三四郎》《从此以后》《门》等前期三部曲。1985年，该社又出版了《夏目漱石小说选》的下卷，由张正立、赵德远、李致中翻译，收录了《春分以后》、《使者》(原名《行人》)、《心》等后期三部曲。

这两卷本篇幅达100多万字的《夏目漱石小说选》，是继20世纪50年代人民文学出版社的《夏目漱石小说选》之后规模最大的漱石作品中译本。

上海译文出版社于1983、1984和1985年先后出版了吴树文翻译的《三四郎》《后来的事》和《门》；1988年，又将这三部作品合为一辑，题为《爱情三部曲》，作为该社《日本文学丛书》之一出版发行。在这个译本的前面，冠有三篇论文性质的序言，分别是吴树文的“代序”，刘振瀛的《从冷眼旁观到叛逆》，以及吕元明的《重压的苦闷》，三篇文章从不同角度分析阐发了漱石文学的意义和内涵。

1985年，上海译文出版社出版了柯毅文翻译的《路边草》（即《道草》），这是一部自传体长篇小说；1988年，上海译文出版社将柯毅文翻译的《路边草》和周大勇翻译的《心》合为一辑，题名《心·路边草》，列入该社《日本文学丛书》中再次出版，何乃英为该译本作序，介绍、分析了《心》和《路边草》的写作背景及内容。1985年，海峡文艺出版社出版了由林怀秋、刘介人翻译的漱石未完的绝笔之作《明与暗》（即《明暗》）。1987年，上海译文出版社也出版了于雷翻译的《明暗》。

进入21世纪后，夏目漱石文学的译介呈现空前繁荣的局面，夏目漱石的代表作《心》《我是猫》《哥儿》等出现多个译本，因翻译村上春树作品而知名的翻译家林少华、上海翻译家协会主席谭晶华等都翻译了《心》等漱石的经典作品。日本文学研究家王向远2001年曾指出长篇小说《虞美人草》因使用了“俳句边缀式”的文体，翻译难度特别大，尚没有译本。《文学论》已有李振声译和陆求实译两个译本，王向远本人也重译了漱石的文学理论著作《文学论》。

除夏目漱石一生中的大部分作品（特别是小说）都有了中文译本之外，夏目漱石的随笔、小品等也都被译成中文，我国的一般读者目前完全可以凭借译本，非常系统地了解博大精深的“漱石文学”。

漱石文学对中国近现代文学的影响

夏目漱石文学对中国近现代文学的影响主要体现在两个方面，一是对中国现代文学作家创作的影响；二是夏目漱石的文学理论著作《文学论》及“余裕论”思想对于中国近代文艺理论的影响。在对中国近现代作家的影响之中，首先必须要提及的是夏目漱石对鲁迅的影响。

在日本留学时的鲁迅，就已开始关注夏目漱石。自1906年开始与鲁迅同住东京、与鲁迅一起关心日本文学的周作人，曾这样回忆：“他（指鲁迅）对于日本文学不感什么兴趣，只佩服一个夏目漱石，把他的小说《我是猫》《漾虚集》《鹑笼》《永日小品》，以至干燥的《文学论》都买了来，又为读他的新作《虞美人草》定阅《朝日新闻》，随后单行本出版时又去买了一册。”(《鲁迅的故家·画谱》)鲁迅自己也在《我怎样做起小说来》一文中，列举了他当时爱看的作品，有俄国的果戈理(N.Gogol)、波兰的显克维支(H.Sienkiewicz)、日本的夏目漱石和森鸥外。1908年4月，许寿裳在日本东京本乡区西片町十番地乙字七号租到一处华美的住宅，房间清洁美丽，庭园宽广，花木繁茂，特邀鲁迅、周作人兄弟和钱均夫、朱谋夫共五位留学生同住，门口灯杆上的标牌为“伍舍”。而这个住宅，正是夏目漱石曾经居住过的地方。这个小插曲也可以看出鲁迅等留日学生对夏目漱石的喜爱。1935年，岩波书店开始出版最终版的《漱石全集》后，鲁迅在上海通过内山书店陆续购得各卷。这一版《漱石全集》共19卷，直至1937年10月全部出版完毕，可惜的是鲁迅于1936年10月19日与世长辞，去世前十天刚刚从内山书店购得1936年9月出版的第11次配本的《漱石全集》第十四卷，这是鲁迅拿到的人生最后一本漱石著作。

鲁迅通过阅读和翻译夏目漱石文学，从而受到漱石的影响。周作人曾明确指出，鲁迅的小说《阿Q正传》受到夏目漱石的影响。日本学者平川佑介则通过对《克莱喀先生》与《藤野先生》的比较分析，指出鲁迅的《藤野先生》受其翻译的《克莱喀先生》影响，两篇作品无论故事还是结构都存在共同点。《克莱喀先生》是以夏目漱石在英国访学时教他英国文学的老师为原型。这位莎士比亚研究专家学问渊博，治学严谨，生活上却有一些怪癖。他"读诗的时候，从脸到肩膀边便阳炎似的振动"，这不禁使读者联想到鲁迅笔下的寿镜吾先生，朗读赋诗时脑袋不时向后背过去。克莱喀先生对日本学生的教诲和严格要求，也使读者自然联想到鲁迅作品中的藤野先生。

不少研究者还从内容和形式两方面论及夏目漱石的《梦十夜》对鲁迅散文诗《野草》的影响。研究者李国栋提供了鲁迅阅读过《梦十夜》的可靠证据。他指出，1923年6月，鲁迅曾跟周作人合译《现代日本小说选》。小说集附有关于夏目漱石的介绍："《挂幅》与《克莱喀》，并见《漱石近什四篇》（1910）中，系《永日小品》的两篇。"李国栋进一步指出，《漱石近什四篇》的篇目是:《文鸟》《梦十夜》《永日小品》和《满韩各处》。鲁迅既然读过《漱石近什四篇》，并选译过书中收录的文章，那他接触过收入同一本书的《梦十夜》也就顺理成章了。《梦十夜》亦译为《十夜梦》，用象征手法描绘了十个梦境，而鲁迅《野草》所收的22篇散文诗中，也有9篇借助梦境表达主题。

此外，《野草》诸篇与《梦十夜》一样，多采用象征手法、诗歌中的韵脚和关键词语的重复手法，内容上也表现出孤独感，跟往昔的诀别意识。不同的是，《野草》中那种化绝望为希望的愈战愈勇的旋律，是《梦十夜》中所缺乏的。

此外，夏目漱石《我是猫》的写法对鲁迅的影响也是显而易见的。鲁迅认为，人禽之辨不必十分严格，更何况“古今君子，每以禽兽斥人，殊不知便是昆虫，值得师法的地方也多着哪”（《华盖集·夏三虫》）。在《华盖集续编·一点比喻》中，鲁迅将误导青年的智识阶级的领袖比喻为将胡羊带进屠场的山羊。在《集外集拾遗补编·无题》中，他又将那些既伤害他人又要标榜“公理”“正义”的“正人君子”之流比喻为吸人血还要嗡嗡发一通议论的蚊子。《野草》中的散文诗《狗的驳诘》更用拟人化的手法，借狗之口揭露人间的势利。这种笔法，与《我是猫》中借猫之口抨击人类的不通情理、表里不一、翻云覆雨如出一辙。

鲁迅自己也坦承，自己的文学创作受到夏目漱石的影响。在《南腔北调集·我怎么做起小说来》一文中，鲁迅明确谈到，他留学日本时期，最喜欢的作家是夏目漱石和森鸥外。他认为夏目漱石是明治文坛上“新江户艺术”的代表性作家，其作品想象丰富，文辞精美，当世无人能与之匹敌。

夏目漱石主张“有余裕的文学”，这一“余裕论”思想对中国现代文学产生很大影响。如前所述，在中国最早译介夏目漱石的是鲁迅与周作人。从一开始，鲁迅就着眼于“余裕”译介夏目漱石。在鲁迅眼中，夏目漱石是一位“余裕派”作家，尽管现在看来“余裕”只是夏目漱石前期的创作主张，并不能概括他的全部创作。1923年，鲁迅在与周作人合译的《现代日本小说集》的“附录：关于作者的说明”中，认为夏目漱石所主张的是所谓的“低徊趣味”。章克标在自己翻译的《夏目漱石集》的译序中，也认为有余裕的低徊趣味“流贯于漱石的全部作品中”。中国文坛对夏目漱石“余裕”文学的兴趣不仅表现在理论评介上，也鲜明地体现在对漱石作品的翻译选题上。从20世纪二三十年代，直到四五十年代，中国翻译出版的夏目漱石作品几乎都是能够体现“余裕”特色的前期作品，如《我是猫》《哥儿》《草枕》等。

以“余裕”为中心，考察夏目漱石与中国现代文学的关系非常重要。首先，在深受夏目漱石影响的鲁迅作品中，可以说“余裕”是经常出现的核心词之一。鲁迅从漱石那里借来了这个词，并把它改造成为表述自己文学观的一个重要概念。

鲁迅对“余裕”文学的大力提倡，曾使人大感不解。据鲁迅的学生、作家孙席珍自述：“一知半解的我，因而曾发生过这样的疑问：一贯主张勇猛前进的鲁迅先生，怎么会欣赏这种文学流派，而对漱石氏特别表示喜爱呢？”后来他重读鲁迅的《华盖集·忽然想到的（二）》，“才顿然有所领悟”：“主要的还在鲁迅对‘余裕’这一概念及其本质意义的深刻理解。在这篇杂文里，鲁迅以外国的讲学术文艺的书为例，说它们往往夹杂闲话或笑谈，以增添活气，使读者更感兴趣，但中国的有些译本却偏偏把它删去，单留下艰难的讲学语，正如折花者除去枝叶，单留花朵，使花枝的活气都被灭尽了。于是下结论道：‘人们到了失去余裕心，或不自觉地满抱了不留余地心时，这民族的将来恐怕就可虑。’鲁迅把‘余裕’的意义提到如此的高度，这是很值得我们去好好领会的。”由此可见鲁迅对“余裕”的阐发，就是作为文学、学术等精神产品，不可只注重实用，好的书籍应该留足天地，“前后总有一两张空白的副页”，否则，“要想写上一点意见或别的什么，也无地可容，翻开书来，满本是密密层层的黑字；加以油臭扑鼻，使人发生一种压迫和窘促之感，不特很少‘读书之乐’，且觉得仿佛人生已没有‘余裕’，‘不留余地’了。”鲁迅在此是以书籍装帧为例，强调产品的精神价值和审美价值。在鲁迅看来，一切产品，都应体现出一点“余裕”，以有益于人的心灵的陶冶和精神的自由空间的拓展，否则，“在这样‘不留余地’空气的围绕里，人们的精神大抵要被挤小的。”这种观点和鲁迅一贯的改造国民精神的主张相关相通，同时和夏目漱石的“余裕”论也是一致的。

夏目漱石所说的“余裕”指的也是一种精神上的轻松、舒缓、悠然的状态，上述鲁迅所举书籍装帧的例子与漱石在《鸡冠花·序》中举的两个例子，具有相同的含义。漱石举的一个例子是：几只渔船因风大浪急无论如何也靠不了岸，于是全村人都站在海边上，一连十几个小时忧心如焚地望着起伏欲沉的渔船，“没有一个人吱声，没有一个人吃一口饭团，就连拉屎撒尿都不可能，达到了没有余裕的极端”。另一个例子是：一个人本来要出门买东西，结果途中因为看戏，看光景，倒忘了是出来买东西的了，该买的东西没有买。“出去是买东西的，那买东西就是目的”，可是那人却为了过程而忘了目的。这就是“有余裕”。可见，鲁迅和漱石一样，都主张人不能老是处在没有余裕的状态中，不能总是为了某一目的而不注重精神过程。日常生活如此，作为精神产品的文学更是如此。

1933 年，鲁迅在谈到小品文时说：“生存的小品文，必须是匕首，是投枪，能和读者一同杀出一条生存的血路的东西，但自然，它也能给人愉快和休息，然而这并不是‘小摆设’，更不是抚慰和麻痹，它给人的愉快和休息是休养，是劳作和战斗之前的准备。”鲁迅在这里所说的“匕首和投枪”的文学大体相当于漱石所说的“没有余裕的文学”；而“给人愉快和休息”的文学，则属于“有余裕的文学”。在鲁迅看来，文学是为了“生存”，要生存就必须“战斗”，而要战斗就需要有“休息”和“休养”。看来，鲁迅到了晚年，也没有抛弃“余裕”的文学观念，而且对“有余裕的文学”与“没有余裕的文学”的辩证关系做了比漱石更深刻的理解和解说。

周作人也毫不隐讳夏目漱石是自己最喜欢的日本作家。据他回忆：“夏目的小说，自《我是猫》《漾虚集》《鹑笼》以至《三四郎》和《门》，从前在赤羽桥边小楼上偷懒不去上课的时候，差不多都读过而且爱读过，虽我最爱的还是《猫》，但别的也都颇可喜，可喜的却并不一定是意思，有时便只为文章觉得令人流连不忍放手。”可以看出，他对夏目漱石的喜爱首先来自于对其文章的喜爱。

周作人对夏目漱石文艺理论深入理解的新契机是 1931 年给张我

军翻译的《文学论》作序。这篇序不长，但包含许多重要的信息。首先，周作人满怀深情地回忆了与夏目漱石文学的相遇以及耽读其作品的愉悦。其次，指出夏目漱石的文艺理论主要是《文学评论》和《文学论》，“余裕论”只是其中一部分。周作人对这两部著作给予了极高评价。周作人在翌年的《中国新文学的源流》中作为科学的研究法特别提及夏目漱石的《文学论》。他认为，科学的研究法“是应用心理学或历史等对文学加以剖析的”。运用心理学研究文学的代表著作就是夏目漱石的《文学论》，而他在《中国新文学的源流》中要做的则是“以治历史的态度”去研究中国文学的变迁。周作人的《中国新文学的源流》的内容，简言之主要是考察了中国两千年来文学思潮推移的规律和动力。

将周作人的《中国新文学的源流》与《文学论》相比较，可以看出有以下相近之处。首先，从心理学的角度看待有关文艺思潮推移的动力。其次，对待古典文学的态度。《文学论》认为大多数文艺思潮都是传统文艺思潮基础上的翻新，否定现在主义，即以现在为标准评判一切。究其原因，明治时期的文学史中所包含的现在主义其实是西方中心主义，具体到明治末期则是自然主义文学至上论，夏目漱石对此种论调持否定态度。周作人的《日本近三十年小说之发达》贯穿的是进化论文学史观，对中国传统文学持一种否定态度，但在《中国新文学的源流》中，周作人的文学史观发生了很大变化，变得非常重视现代文学与传统文学的关系。

五四新文化运动时期，周作人在《日本近三十年小说之发达》中以进化论文学史观，用外国文学否定中国传统文学，将小说当作现代文学概念的核心文类。但他在《中国新文学的源流》中则重建现代文学与传统文学的关系，用“文”置换了“小说”在文学概念中的核心位置。这一变化过程尽管原因很多，但如上所述，其中一个重要因素是与夏目漱石文学及其文艺理论的交集有关。从对“余裕论”的“余裕”解释为“超脱世俗”，到理解为“日常生活”，进而提倡“美文”，摆脱“小说至上论”；对《文学论》的文艺思潮推移理论的共鸣，则使他找到大胆肯定“文”的理论根据。在他的倡导下，散文作为一个单独的文类进入现代文学史的书写之中，在中国的“文学”概念现代化转型中留下独特的印迹。

除鲁迅、周作人兄弟之外，夏目漱石的文学对于他的另一位中国译者丰子恺也产生了影响。根据丰华瞻的回忆，丰子恺翻译夏目漱石的《旅宿》（即《草枕》）是在1956年。丰子恺的译文充分展示出了《草枕》的文体和神韵。正像夏目漱石自己所说，《草枕》是一部“俳句式的小说”，无论是结构还是文体的节奏都具有这一特色。小说采用了许多中国古典文学的词汇，文章文雅绚丽。简洁生动的语句、富有哲理的表达，这些在丰子恺的译文里都得到恰如其分的表现。丰子恺的译文采用文白相间的文体，既真实再现了原作的风格，又发挥出他作为散文作家之长，使《旅宿》的译文文采斐然。特引用一段如下:

“诗思不落纸，而铿锵之音，起于胸中。丹青不向画架涂抹，而五彩绚烂，自映心眼。但能如是观看所处之世，而在灵台方寸之镜箱中摄取浇季混浊之俗世之清丽之影，足矣，故无声之诗人虽无一句，无色的画家虽无尺缣，但其能如是观看人生，其能解脱烦恼，其能如是出入于清净界，以及其能建此不同不二之乾坤，其能扫荡我利私欲之羁绊——较千金之子、万乘之君、一切俗界之宠儿为幸福也。”

从上面的例子可以看出，丰子恺译文在保留原作风格的同时，巧妙地选择汉语的词汇和句式，译文富于创造而符合中文的表达习惯，文句流畅而不落俗套。重要的是丰子恺把握了《旅宿》的神韵，作品叙述的是一位画家，对压抑人性的现代文明表示异议，试图寻找回东方文明中的超然出世的观念。小说充满了对古今东西人类文明的叙述和思考，这符合既是画家又是作家的丰子恺的气质。在绘画上，丰子恺深得东方传统，后又深受竹久梦二[①]的影响。他那淡雅清新的画风，为中国现代绘画开拓了漫画的新领域。在文体风格上，淡雅朴实的个性体现在他的散文与随笔之中。丰子恺的传记作家陈星指出：“丰子恺写随笔，从一开始就显露出独特的艺术风格。他的作品，总是选取自己熟悉的生活题材，去其片段，以自己的所感，用最朴质的文字坦率地表达出来。在朴质细微乃至接近白描的文字中，倾注了一股真挚而又深沉的情感，同时又不乏哲理性的文句，很容易打动读者的心灵

① 久竹梦二，有“大正浪漫的代名词”“漂泊的抒情画家”之称，著名诗人、装帧设计家。

并引起共鸣。”这一风格可以说与夏目漱石的文体有相通之处。夏目漱石的《草枕》正是从“写生文”的方法论出发，通过自己的文学实践，从描写到作品的结构发展了写生的理论。

丰子恺非常钟爱《旅宿》，受其影响很大。他的散文中，直接引用《旅宿》的文章就有九篇。最早引用《旅宿》的文章是发表在1929年10月《小说月报》上的《秋》。这是一篇抒发三十而立感怀的散文。夏目漱石曾经这样说："人生二十而知有生的利益；二十五而知有明之处必有暗；至于三十的今日，更知明多之处暗亦多，欢浓之时愁亦重。”《秋》中丰子恺“现在对于这话也深抱同感；同时，又觉得三十的特征不止这一端，其更特殊的是对于死的体感”。丰子恺晚年更加钟情于夏目漱石，描写江南水乡塘栖的散文《塘栖》完全是一篇夏目漱石《旅宿》中提出的现代文明批判论的实践之作。

1918年4月19日，周作人在北京大学文科研究所做了《日本近三十年小说之发达》的演讲，提及夏目漱石的文学。如果从此时算起，在中国，对夏目漱石文学的介绍、翻译和研究与中国近现代文学史几乎同时起步。回顾中国对夏目漱石文学翻译与借鉴的历史，可以发现，鲁迅、周作人兄弟是最早介绍夏目漱石文学的中国作家，又是中国现代文学史上深受夏目漱石文学及其文艺理论影响的作家。起步于周氏兄弟的夏目漱石文学的译介，贯穿整个中国现代文学史，直至今日，更是呈现出前所未有的繁荣景象。除周氏兄弟之外，大多数译介夏目漱石文学的中国译者，都或多或少受到漱石文学的影响，比较具有代表性的就是丰子恺，因其画家兼作家的双重身份，我们在丰子恺的创作中能够看到很多漱石文学的影子。

关于夏目漱石文学与中国现代文学之间的关系，现在仍然是学界津津乐道的话题，最近将老舍与夏目漱石的文学进行对比研究的论文也不在少数，可以看出，即便没有参与夏目漱石文学翻译的中国作家，也因漱石“余裕”论思想及《文学论》等文艺理论著作被介绍到中国文坛，从而或多或少地受到漱石文学潜移默化的影响。

夏目漱石开始文学创作之时，明治维新已经历 40 余年，日本经过殖兴产业和西化大潮，取得中日甲午战争和日俄战争的胜利，作为新兴的帝国主义国家在东亚崛起，但随之而来的问题也不少：新旧矛盾交织，人心功利浮躁，人们缺乏真正的自我觉醒等。这些使漱石强烈地感受到人的内心自我确立的紧迫性和意义。而中国现代文学的先驱们也经历了五四新文化运动的洗礼，面对当时国内各种新旧矛盾交织、内外冲突纠集，沉重的历史文化包袱成为知识分子承受的巨大压力，军阀派系、党派政治、抵抗外敌入侵的民族救亡等，是现实的文化语境，这些使作家们着眼于社会群体的忧患，这一点在鲁迅身上有特别突出的表现。人们往往将鲁迅在中国现代文学中的地位与夏目漱石在日本近代文学中的地位相提并论，的确，作为同时代最为清醒的知识分子，他们在各自国家的文学史上留下了浓墨重彩的痕迹，成为后来作家的典范。而二者之间文学的影响关系，也在近代激荡的历史之中，留下了中日两国文坛之间交流的一段佳话。

PART 4

夏目漱石经典名段选摘

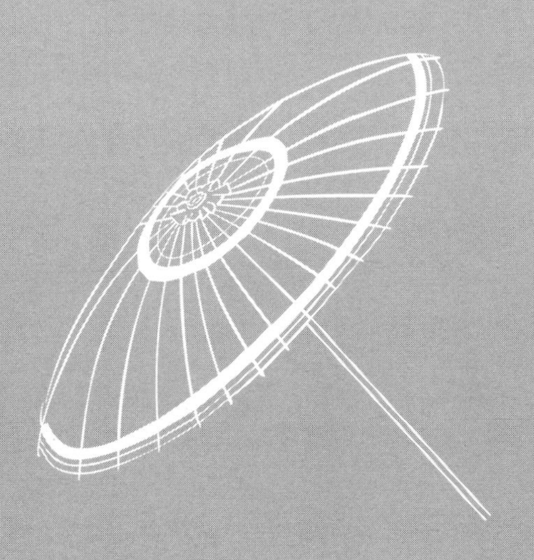

《三四郎》

元来あの女はなんだろう。あんな女が世の中にいるものだろうか。女というものは、ああおちついて平気でいられるものだろうか。無教育なのだろうか、大胆なのだろうか。それとも無邪気なのだろうか。要するにいけるところまでいってみなかったから、見当がつかない。思いきってもう少しいってみるとよかった。けれども恐ろしい。別れぎわにあなたは度胸のないかただと言われた時には、びっくりした。二十三年の弱点が一度に露見したような心持ちであった。親でもああうまく言いあてるものではない。

那女子究竟是何许人呢？世上能有那种女子吗？一个女子，怎么会这样镇静，这样不在乎呢？是因为没有受过什么教育？是因为胆子特别大？那么是因为天真无邪喽？总而言之，由于没有深入到能够达到的境地，所以没法断言。当时咬咬牙再深入一些去观察观察就好了。不过也很吓人哪。分手时听到那句“你是个没胆量的人”，实在是吃惊不小，好像自己二十三年来的弱点顿时暴露无遗了。亲生父母也说不出这样恰到好处的话来呀。（吴树文译）

　すると髭の男は、「お互いは哀れだなあ」と言い出した。「こんな顔をして、こんなに弱っていては、いくら日露戦争に勝って、一等国になってもだめですね。もっとも建物を見ても、庭園を見ても、いずれも顔相応のところだが、——あなたは東京がはじめてなら、まだ富士山を見たことがないでしょう。今に見えるから御覧なさい。あれが日本一の名物だ。あれよりほかに自慢するものは何もない。ところがその富士山は天然自然に昔からあったものなんだからしかたがない。我々がこしらえたものじゃない」と言ってまたにやにや笑っている。三四郎は日露戦争以後こんな人間に出会うとは思いもよらなかった。どうも日本人じゃないような気がする。

　「しかしこれからは日本もだんだん発展するでしょう」と弁護した。すると、かの男は、すましたもので、「滅びるね」と言った。

　熊本でこんなことを口に出せば、すぐなぐられる。悪くすると国賊取り扱いにされる。三四郎は頭の中のどこのすみにもこういう思想を入れる余裕はないような空気のうちで生長した。だからことによると自分の年の若いのに乗じて、ひとを愚弄するのではなかろうかとも考えた。

　“我们都很可怜哪。”于是这个长着胡子的男子说，“这幅长相，这么无用，即使日俄战争打赢了而上升为一流强国，也是无济于事的。建筑物也好，庭园也好，仪态都不妙，不比我们的长相好多少，不过——

你是第一次上东京的话，还不曾见过富士山喽？马上就能看到了，你好好看看吧。它是日本首屈一指的名胜，没有东西能比它更值得自豪啦。然而，这富士山乃是天然形成的，自古以来就存在着，非人力所能左右，也不是我们造出来的。”他又独自笑了。三四郎对自己竟会在日俄战争以后碰到这样的人，实在感到意外，简直觉得对方不像是一个日本人。

“不过，今后日本也会渐渐发展的吧。”三四郎辩解道。

于是男子毫不在乎地说道：“将会亡国呢。”

如果在熊本说出这种话来，立刻就得挨揍。弄得不好，将被视作叛国贼。三四郎是在不可能让头脑中的任何一个角落容纳这种思想的气氛中长大的。所以竟怀疑会不会是对方见自己年轻而故意愚弄人。男子照例笑嘻嘻的，措辞始终不慌不忙，实在叫人吃不透，三四郎便不想再谈什么，一声不吭。（吴树文译）

三四郎には三つの世界ができた。一つは遠くにある。与次郎のいわゆる明治十五年以前の香がする。すべてが平穏である代りにすべてが寝ぼけている。もっとも帰るに世話はいらない。もどろうとすれば、すぐにもどれる。ただいざとならない以上はもどる気がしない。いわば立退場のようなものである。三四郎は脱ぎ棄てた過去を、この立退場の中へ封じ込めた。なつかしい母さえここに葬ったかと思うと、急にもったいなくなる。そこで手紙が来た時だけは、しばらくこの世界にして旧歓をあ

たためる。

第二の世界のうちには、苔のはえた煉瓦造りがある。片すみから片すみを見渡すと、向こうの人の顔がよくわからないほどに広い閲覧室がある。梯子をかけなければ、手の届きかねるまで高く積み重ねた書物がある。手ずれ、指の垢で、黒くなっている。金文字で光っている。羊皮、牛皮、二百年前の紙、それからすべての上に積もった塵がある。この塵は二、三十年かかってようやく積もった尊い塵である。静かな明日に打ち勝つほどの静かな塵である。

第二の世界に動く人の影を見ると、たいてい不精な髭をはやしている。ある者は空を見て歩いている。ある者は俯向いて歩いている。服装は必ずきたない。生計はきっと貧乏である。そうして晏如としている。電車に取り巻かれながら、太平の空気を、通天に呼吸してはばからない。このなかに入る者は、現世を知らないから不幸で、火宅をのがれるから幸いである。広田先生はこの内にいる。野々宮君もこの内にいる。三四郎はこの内の空気をほぼ解しえた所にいる。出れば出られる。しかしせっかく解しかけた趣味を思いきって捨てるのも残念だ。

第三の世界はさんとして春のごとくうごいている。電燈がある。銀匙がある。歓声がある。笑語がある。泡立つシャンパンの杯がある。そうしてすべての上の冠として美しい女性がある。三四郎はその女性の一人に口をきいた。一人を二へん見た。この世界は三四郎にとって最も深厚な世界である。この世界は鼻の先にある。ただ近づき難い。近づき難い点において、天外の稲妻と一般である。三四郎は遠くからこの世界をながめて、不思議に思う。自分がこの世界のどこかへはいらなければ、その世界のどこかに欠陥ができるような気がする。自分はこの世界のどこかの主人公であるべき資格を有しているらしい。それにもかかわらず、円満の発達をこいねがうべきはずのこの世界がかえってみずからを束縛して、自分が自由に出入すべき通路をふさいでいる。三四郎にはこれが不思議であった。

三四郎面对着三个世界。一个在远方，就是与次郎所说的，有着明治十五年以前的风味，一切平平稳稳，然而一切也是朦朦胧胧。当然，回那儿去是很简单的事，想回去的话马上就能回去。不过，不到万不得已的时候，三四郎是不想回去的。换言之，那儿就像是一处后退的落脚点。三四郎把卸脱下来的“过去”，封在这个落脚点里。他想到和蔼的母亲也被埋在那个圈子里，忽然觉得这太不应该了。于是，只能在母亲来信的时候，才在这个世界低徊一会儿以温旧情。

这第二个世界里，有生着青苔的砖瓦建造的房子；有宽大的阅览室，大得从这一头看不清另一头的人的脸。书籍摞得很高，不用梯子的话，手很难够得着。由于翻破了书页，加上手指的油污，书籍发黑；金色的字迹发亮。羊皮封面，牛皮封面，有两百年历史的纸张，以及所有的东西上都积着灰尘。这是一些历时二三十年才很不容易积成的宝贵灰尘，是战胜了静谧的岁月的静谧的灰尘。

看一看在第二世界活动的人影，大抵长着懒得刮的长胡子。有的人望着天空走路，有的人低头行路。衣着无不脏污，日子无不贫困，气度却颇从容。纵然处在电车的包围中，仍无所顾忌地朝太空呼吸宁静的空气。进入这个世界中的人，因不知当前的世界而颇不幸，也因能逃离烦恼的世界而颇幸运。广田先生就生活在其中，野野宫君也生活在其中。三四郎则处于能稍微领略其中风味的地位，要想脱离就可以脱离的。但是，不惜丢弃好不容易才有所悟的此中三昧，又实在感到可憾。

第三个世界宛如光灿的春天在荡漾。有电灯，有银质匙，有欢声，有笑语，有杯里直冒泡沫的香槟酒，有出类拔萃的美丽的女子。三四郎与其中的一个女子说过话，与另一个女子见过两次。这个世界是三四郎最抱有好感的世界。这个世界就在眼前，但是颇难靠近。从难以靠近这一点来说，它仿佛是太空中的闪电。三四郎从远处眺望这个世界，感到不可思议：自己不进入这个世界中的某一处，就觉得这个世界中的某一处会有欠缺，而自己似乎有资格做这个世界中的某一处的主人公。然而，理该对兴旺发达求之不得的这个世界本身，却作茧自缚，阻塞了自己可以自由进出的通路。这一现象叫三四郎感到不可思议。（吴树文译）

《心》

「かつてはその他人の膝に跪いたという記憶が、今度はその人の頭の上に足を載せさせようとするのです。私は未来の侮辱を受けないために、今の尊敬を斥けたいと思うのです。私は今より一層淋しい未来の私を我慢する代わりに、淋しい今の私を我慢したいのです。自由と独立と己れとに充ちた現代に生れた我々は。その犠牲としてみんなこの淋しみを味わわなくてはならないでしょう。」

“过去屈尊在他面前的回忆，接下来便要把脚踏在他的头上。我就是为了不受将来的屈辱，才要拒绝现在的尊敬。我宁愿忍受现在的孤独，而不愿忍受将来更大的孤苦。我们生在充满自由、独立和自我的现代，所付出的代价便是不得不都尝尝这种孤苦吧。”（董学昌译）

そんな鋳型に入れたような悪人は世の中にあるはずがありませんよ。平生はみんな善人なんです。少なくともみんな普通な人間なんです。それが、いざという間際に、急に悪人に変えるんだから恐ろしいのです。

这种模子里铸出来的坏人，世上是没有的。平时都是好人，至少是一般人，但一到关键时候，就立刻变成坏人。（董学昌译）

私は冷やかな頭で新しいことを口にするよりも、熱した舌で平凡な説を述べる方が生きていると信じています。血の力で体が動くからです。言葉が空気に波動を伝えるばかりでなく、もっと強い物にもっと強く働き掛ける事ができるからです。

我相信用灼热的舌头叙述平凡的道理，要比用冷静的头脑分析新鲜事物更为生动。因为人的身体是靠血液的力量活动的，而语言不仅能传导空气的波动，还能更强烈地动摇最坚实的事物。（董学昌译）

本当の愛は宗教心とそう違ったものではないという事を固く信じているのです。

因此我认为真正的爱情，是同宗教心一样的。（董学昌译）

もし私が亡友に対すると同じような善良な心で、妻の前に懺悔の言葉を並べたなら、妻は嬉し涙をこぼしても私の罪を許してくれたに違いないのです。それをあえてしない私に利害の打算があるはずはありません。私はただ妻の記憶に暗黒な一点を印するに忍なかったから打ち明けなかったのです。純白なものに一雫の印気でも容赦なく振り掛けるのは、私にとって大変な苦痛だったのだと解釈して下さい。

假使我以对亡友同样善良的心，当面向她忏悔自己的罪过，她一定会流下喜悦的泪水原谅我的。我所以没能这样做，并非不知道利害关系。告诉你吧，我只是不忍心在妻的记忆中留下丝毫污点，才没有坦白的。在纯洁的感情中，哪怕留下一滴无情阴郁的污点，于我来说都是莫大的痛楚。（董学昌译）

《其后》

「パンに関係した経験は、切実かもしれないが、要するに劣等だよ。パンを離れ水を離れた贅沢な経験しなくっちゃ人間の甲斐はない。」

“关系到面包的经验，也许是切实有用的，但这是卑俗的。人类如果不抛开面包和水去追求更高级的经验，就会失去做人的标准。”（陈德文译）

鍍金を金に通用させようとする切ない工面より、真鍮を真鍮で通して、真鍮相当の侮蔑を我慢する方が楽である。と今は考えている。

照他现在的想法，与其煞费心机地把黄铜装扮成金子，倒不如老老实实承认本来就是黄铜，这样即使受人蔑视，心里也会感到自在。（陈德文译）

英雄の流行廃はこれ程急劇なものである。と云うのは、多くの場合に於て、英雄とはその時代に極めて大切な人という事で、名前だけは偉そうだけれども、本来は甚だ実際的なものである。だからその大切な時機を通り越すと、世間はその資格を段々奪いにかかる。露西亜と戦争の最中こそ、閉塞隊は大事だろうが、平和克復の暁には、百の広瀬中佐も全くの凡人に過ぎない。世間は隣人に対して現金である如く、英雄に対しても現金である。だから、こう云う偶像にもまた常に新陳代謝や生存競争が行われてい

る。そう云う訳で、代助は英雄なぞに担がれたい了見は更にない。が、もしここに野心があり覇気のある快男子があるとすれば、一時的の剣の力よりも、永久的の筆の力で、英雄になった方が長持がする。新聞はその方面の代表的事業である。

英雄盛衰，如此急遽。这是因为很多时候，英雄对于一个时代来说是极为重要的人物，其名声虽然显赫，但他又是实实在在的人。过了那个时代，历史就渐渐剥夺了他作为英雄的资格。在同俄国打仗的紧要关头，封锁队至为重要，一进入和平恢复时期，纵然一百个广濑中校，也不过是一群凡夫俗子而已。历史是最讲究实效的，对于一个普通的老百姓是如此，对于英雄亦是如此。所以英雄的偶像也是互相竞争，时时发生新陈代谢的。代助并不迷信英雄。他认为，如果有人想成为威震海内的英雄人物，与其靠着一时的威力，不如仰仗永恒的文字，办报倒是这方面具有代表性的一着。（陈德文译）

天意には叶うが、人の掟に背く恋は、その恋の主の死によって、始めて社会から認められるのが常であった。

违拗人世意愿的爱情，要遵照上天的旨意行事，当事者往往以死才能博取社会的承认。（陈德文译）

代助は昔の人が、頭脳の不明瞭な所から、実は利己本位の立場に居りながら、自らは固く人の為と信じて、泣いたり、感じたり、激したり、して、その結果遂に相手を、自分の思う通りに動かし得たのを羡ましく思った。自分の頭が、その位のぼんやりさ加減であったら、昨夕の会談にも、もう少し感激して、都合のいい効果を収める事が出来たかも知れない。彼は人から、ことに自分の父から、熱誠の足りない男だと云われていた。彼の解剖によると、事実はこうであった。…人間は熱誠を以て当って然るべき程に、高尚な、真摯な、純粋な、動機や行為を常住に有するものではない。それよりも、ずっと下等なものである。その下等な動機や行為を、熱誠に取り扱うのは、無分別な幼稚な頭脳の所有者か、然らざれば、熱誠を衒って、己れを高くする山師に過ぎない。

代助十分钦羡过去的人，他们在头脑判断不清的时候，固守自己的利己主义的立场，坚信是为了别人的。他们时而唏嘘流涕，时而慷慨激昂，用这种办法吸引对方就范，以此实现预想的目的。……人们不能长久保持一种高尚而纯真的动机和行为，以便热诚相待。平时人们只能保持一种十分低劣的动机和行为，却抱着热诚的态度去处理事物，这只能是不辨良莠的头脑幼稚的人，再不然就是招摇过市的骗子手。（陈德文译）

「働くのもいいが、働くなら、生活以上の働きでなくっちゃ名誉にならない。あらゆる神聖な労力は、みんなパンを離れている。生活...のための労力は、労力のための労力でないもの。つ...まり食うための職業は、誠実にゃ出来にくいという意味さ。」

“干当然可以，但是干必须超出生活之上，这才是光荣的。一切神圣的劳动都不是为了面包。……因为为生活之劳动，并非为劳动之劳动也。……单纯为着吃饭而工作，是很难达到真心实意的。”（陈德文译）

《草枕》

智に働けば角が立つ。情に棹させば流される。意地を通せば窮屈だ。とかくに人の世は住みにくい。

住みにくさが高じると、安い所へ引き越したくなる。どこへ越しても住みにくいと悟った時、詩が生れて、画が出来る。

人の世を作ったものは神でもなければ鬼でもない。やはり向う三軒両隣りにちらちらするただの人である。ただの人が作った人の世が住みにくいからとて、越す国はあるまい。あれば人でなしの国へ行くばかりだ。人でなしの国は人の世よりもなお住みにくかろう。

越す事のならぬ世が住みにくければ、住みにくい所をどれほどか、寛容て、束の間の命を、束の間でも住みよくせねばならぬ。ここに詩人という天職が出来て、ここに画家という使命が降る。あらゆる芸術の士は人の世を長閑にし、人の心を豊かにするが故に尊とい。

住みにくき世から、住みにくき煩いを引き抜いて、ありがたい世界をまのあたりに写すのが詩である、画である。あるは音楽と彫刻である。こまかに云えば写さないでもよい。ただまのあたりに見れば、そこに詩も生き、歌も湧く。着想を紙に落さぬとも璆鏘の音は胸裏に起る。丹青は画架に向って塗抹せんでも五彩の絢爛は自から心眼に映る。ただおのが住む世を、かく観じ得て、霊台方寸のカメラに澆季溷濁の俗界を清くうららかに収め得れば足る。この故に無声の詩人には一句なく、無色の画家には尺なきも、かく人世を観じ得るの点において、かく煩悩を解脱するの点において、かく清浄界に出入し得るの点において、またこの不同不二の乾坤を建立し得るの点において、我利私慾の覊絆を掃蕩するの点において、——千金の子よりも、万乗の君よりも、あらゆる俗界の寵児よりも幸福である。

发挥才智，则锋芒毕露；凭借感情，则流于世俗；坚持己见，则多方掣肘。总之，人世难居。

愈是难居，愈想迁移到安然的地方。当觉悟到无论走到何处都是同样难居时，便产生诗，产生画。

创造人世的，既不是神，也不是鬼，而是左邻右舍的芸芸众生。这些凡人创造的人世尚且难居，还有什么可以搬迁的去处？要有也只能是非人之国，而非人之国比起人世来恐怕更难久居吧。

人世难居而又不可迁离，那就只好于此难居之处尽量求得宽舒，以便使短暂的生命在短暂的时光里过得顺畅些。于是，诗人的天职产生了，画家的使命降临了。一切艺术之士之所以尊贵，正因为他们能使人世变得娴静，能使人心变得丰富。

从难居的人世剔除难居的烦恼，将可爱的大千世界如实抒写下来，就是诗，就是画，或者是音乐，是雕刻。详细地说，不写也可以。只要亲眼所见，就能产生诗，就会涌出歌。想象即使不落于纸墨，胸膛里自会响起璆锵之音；丹青纵然不向画架涂抹，心目中自然映出绚烂之五彩。我观我所居之世，将其所得纳于灵台方寸的镜头中，将浇季混浊之俗界映照得清淳一些，也就满足了。故无声之诗人可以无一句之诗；无色之画家可以无尺幅之画，亦能如此观察人世，如此解脱烦恼，如此出入于清净之界，亦能如此建立独一无二之乾坤，扫荡一切私利私欲之羁绊。——正是在这些方面，他们要比千金之子、万乘之君，比所有的俗界的宠儿都要幸福。（陈德文译）

恋はうつくしかろ、孝もうつくしかろ、忠君愛国も結構だらう。しかし自身がその局に当たれば利害の旋風に捲き込まれて、うつくしき事にも、結構な事にも、目は眩んでしまう。したがってどこに詩があるのか自身には解しかねる。

これがわかるためには、わかるだけの余裕のある第三者の地位に立たねばならぬ。三者の地位に立てばこそ芝居は観て面白い。小説も観て面白い。芝居を見て面白い人も、小説を読んで面白い人も、事故の利害を棚へ上げている。見たり読んだりする間だけは詩人である。

恋爱是美的，孝行是美的，忠君爱国也是好的。然而，如果自己是当事者，也会卷入到利害的旋风之中，被这些美的事物和好的事物弄得眼花缭乱。自己也不知道，诗究竟在哪里。

为了了解这一点，只能站在第三者的立场上，这样才有可能弄个明白。站在旁观者的立场上看戏有意思，读小说也有意思。看戏读小说觉得有兴趣的人，都把自己的利害束之高阁了。在这一看一读之间，便成为诗人。（陈德文译）

詩人とは自分の屍骸を、自分で解剖し、その病状を天下に発表する義務を有している。

一个诗人有义务亲自动手解剖自己的尸骸，将病情公布于天下。（陈德文译）

自然のありがたいところはここにある。いざとなると容赦も未練もない代りには、人に因って取り扱をかえるような軽薄な態度はすこしも見せない。岩崎や三井を眼中に置かぬものは、いくらでもいる。冷然として古今帝王の権威を風馬牛し得るものは自然のみであろう。自然の徳は高く塵界を超越して、対絶の平等観を無辺際に樹立している。天下の羣小を麾いで、いたずらにタイモンの憤りを招くよりは、蘭を九に滋き、を百畦に樹えて、独りその裏に起臥する方が遥かに得策である。余は公平と云い無私と云う。さほど大事なものならば、日に千人の小賊を戮して、満圃の草花を彼らの屍に培養うがよかろう。（十）

大自然的可贵之处正在于此。大自然虽然有时是无情的，毫无顾忌的，但绝不因人而异地采取轻薄的态度。不把岩崎、三井放在眼里的大有人在。但对古今帝王冷眼旁观，蔑视其权威如风马牛不相及者唯有自然。自然之德高高超越尘界，它毫无局限地树立了绝对的平等观。与其率领天下之群小徒招泰门之怨愤，远不如“滋兰九畹、树蕙百畦”而起卧其中更堪称上策。世界谓之公平，又谓之无私。如果真能实行起来，那么最好每天杀一千名小贼，将他们的尸体用来养育满园花草。（陈德文译）

《玻璃门内》

教を受ける人だけが自分を開放する義務をもっていると思うのは間違っています。教える人も己をあなたの前に打ち明けるのです。双方とも社交を離れて勘破し合うのです。

认为求教者才有义务剖腹相见的观点，显然是错误的。教人者也应该赤诚相见。双方都要抛开社交的气味，互相推心置腹。（吴树文译）

今と昔とまたその昔の間に何らの因果を認める事のできない彼らは、そういう結果に陥った時、何と自分を解釈してみる気だろう。所詮我々は自分で夢の間に製造した爆裂弾を、思い思いに抱きながら、一人残らず、死という遠い所へ、談笑しつつ歩いていくのではなかろうか。ただどんなものを抱いているのか、他も知らず自分も知らないので、仕合せなんだろう。

当这些不承认现在同从前乃至同更远的从前，有着某些因果关系的人们陷于这样的局面时，他们会做出怎样的自我解释呢？总而言之，我们不都是各自紧抱着自己在睡梦中制造出来的炸弹，无一例外地一边谈笑一边朝着远处的葬身之地走去吗？只不过没人知道自己所抱的是什么东西而已——别人不知道，本人也不知道，所以还是幸福的吧。（吴树文译）

《我是猫》

食いたければ食い、寝たければ寝る、怒るときは一生懸命に怒り、泣く時は絶体絶命に泣く。

想吃就吃，想睡就睡；恼怒时尽情地发火，流泪时哭它个死去活来。（于雷译）

どうしたら好かろうと考えて好い智慧が出ない時は、そんな事は起る気遣はないと決めるのが一番安心を得る近道である。また法のつかない者は起らないと考えたくなるものである。

绞尽脑汁，也想不出一条妙计。这当儿，最能稳定心潮的捷径，便是认定这样的事不会发生；或者把无能为力的事情都权当不曾发生过。（于雷译）

世の中に退屈程我慢の出来にくいものはない、何か活気を刺激する事件がないと生きているのがつらいものだ。

世上再也没有比寂寞更令人难耐的了。假如没有点什么刺激，活着也是够乏味的。活着可真苦啊！（于雷译）

鏡は己惚の醸造器であるごとく、同時に自慢の消毒器である。もし浮華虚栄の念をもってこれに対する時はこれほど愚物を煽動する道具はない。昔から増上慢をもって己を害し他をうた事蹟の三分の二はたしかに鏡の所作である。

镜子是自鸣得意的酿造机，同时又是自我吹嘘的消毒器。假如怀着浮华与虚荣的念头对此明镜，再也没有比镜子更对蠢物具有煽动力的器具了。自古因不懂装懂而倾己害人的史实，有三分之二，委实是镜子所造成。（于雷译）

人間はただ眼前の習慣に迷わされて、根本の原理を忘れるものだから気をつけないと駄目だ。

人只被眼前习俗所迷惑，忘却了根本原理。不当心些可不行哟！（于雷译）

「吾人は自由を欲して自由を得た。自由を得た結果、不自由を感じて困っている。」

我等盼望自由，也得到了自由；得到了自由的结果，却又感到不自由，因而烦恼。（于雷译）

どうも二十世紀の今日運動せんのはいかにも貧民のようで人聞きがわるい。運動をせんと、運動せんのではない。運動が出来んのである、運動をする時間がないのである、余裕がないのだと鑑定される。昔は運動したものが折助と笑われたごとく、今では運動をせぬ者が下等と見做されている。吾人の評価は時と場合に応じ吾輩の眼玉のごとく変化する。吾輩の眼玉はただ小さくなったり大きくなったりするばかりだが、人間の品隲とくると真逆かさまにひっくり返る。ひっくり返っても差し支えはない。物には両面がある、両端がある。両端を叩いて黒白の変化を同一物の上に起こすところが人間の融通のきくところである。

已经是二十世纪的今天，不搞运动，会像贫民似的，名声不太好。假如不运动，就不会认为你是不运动，而是断定你不会运动，没有时间运动，生活窘迫。正如古人嘲笑运动员是奴才，而今天把不运动的人看成下贱。世人褒贬，因时因地而不同，像我的眼珠一样变化多端。我的眼珠不过忽大忽小，而人间的评说却在颠倒黑白，颠倒黑白也无妨，因为事物本来就有两面和两头。只要抓住两头，对同一事物翻手为云，覆手为雨，这是人类通达权变的拿手好戏。（于雷译）

のんきと見える人々も、心の底をたたいてみると、どこか悲しい音がする。

人们似乎悠闲，但叩其内心深处，总是发出悲凉的声音。（于雷译）

金を作るにも三角術を使わなくちゃいけないというのさ。義理をかく、人情をかく、恥をかく、これで三角になるそうだ。

要想发财，必须实行“三绝战术”——绝义、绝情、绝廉耻。（于雷译）

人間は角があると世の中を転がって行くのが骨が折れて損だよ。丸いものはごろごろどこへでも苦なしに行けるが四角なものはころがるに骨が折れるばかりじゃない、転がるたびに角がすれて痛いものだ。

人一有棱角，在人世上周旋，又吃苦，又吃亏呀！圆滑的人滴溜溜转，转到哪里都顺利地吃得开；而有棱有角的，不仅干赚个挨累，而且每一次转动，棱角都要被磨得很疼。（于雷译）

人間の定義を言うと、ほかに何にもない。ただ入（い）らざることを捏造（ねつぞう）して自ら苦しんでいる者だと言えば、それで充分だ。

若问人生的定义是什么？无他，只要说“妄自捏造不必要的麻烦来折磨自己”，也就足够了。（于雷译）

《哥儿》

嘘をついて罰を逃げるくらいなら、始めからいたずらなんかやるものか。いたずらだけで罰はご免蒙るなんて下劣な根性がどこの国に流行ると思ってるんだ。

想用撒谎来逃避受罚，当初就别去淘气。要淘气就要受处罚，有了处罚淘气才显得有趣。光想淘气不愿受罚，我以为这是一种卑怯的品性。这种品性在某个地方流行着。（陈德文译）

考へて見ると世間の大部分の人はわるくなる事を奨励して居る様に思ふ。わるくならなければ社会に成功はしない物と信じて居るらしい。たまに正直な純粋な人を見ると、坊っちゃんだの小僧だのと難癖をつけて軽蔑する。夫ぢゃ小学校や中学校で嘘をつくな正直にしろと論理の先生が教へない方がいい。いっそ思い切って学校で嘘をつく法とか、人を信じない術とか、人を乗せる策を教授する方が、世の為にも当人の為にもなるだらう。

细想起来，世上大多数人都在鼓励干坏事。他们认为，在社会上不干坏事就无法获得成功。有时见到一些刚正而纯粹的人，就管人家叫“哥儿”或“小子”，百般刁难，态度轻蔑。照这样，中小学的德育教员就不要再讲什么“不要撒谎”“要诚实”之类的话了。上课时干脆教学生如何撒谎，如何不信任他人和诬陷他人的法术好了，这样，对社会对自己都有好处。（陈德文译）

よく考へてみると世の中はみんなこの生徒のようなものから成立しているかもしれない。人があやまったり詫びたりするのを、真面目に受けて勘弁するのは正直過ぎる馬鹿と云うんだらう。あやまるのも仮りに謝るので、勘弁するのも仮りに勘弁するのだと思ってれば差し支えない。もし本当に謝らせる気なら、本当に後悔するまで叩きつけなくてはいけない。

仔细想想，世界上也许都是由那些和学生相同的人们组成的。如果相信人们的悔过和道歉是发自内心，而加以宽慰，那真是太诚实，太愚蠢了。不妨这样认为，悔过是假的悔过，宽恕也是假的宽恕。假如要使他真心悔过，那就必须严加惩治，直到他真诚悔过为止。（陈德文译）

《道草》

「離れればいくら親しくってもそれぎりになる代りに、一所にいさえすれば、たとい敵同志でもどうにかこうにかなるものだ。つまりそれが人間なんだろう。」

“分开两地，再亲也是淡如水；相反，同住一处，仇敌也能亲如一家人。这就是世道。”（柯毅文译）

「世の中に片付くなんてものは殆どんありやしない。一遍起った事は何時までも続くのさ。ただ色々な形に変わるから他にも自分にも解らなくなるだけの事さ。」

“世上几乎不存在真正解决了的事，事情一旦发生了，就会一直延续下去，只是形式会变为各种各样，使别人和自己都弄不清楚罢了。”（柯毅文译）

《虞美人草》

「死に突き当たらなくっちゃ、人間の浮気はなかなかやまないものだ。」

“不与死亡相撞，人往往改不掉心浮气躁的毛病。”（茂吕美耶译）

参 考 文 献

专著

[1] 小森陽一 . 戦争の時代と夏目漱石——明治維新 150 年に当たって [M]. 株式会社かもがわ出版，2018.

[2] フェリス女学院大学日本文学国際会議実行委員会 . 世界文学としての夏目漱石 : 生誕 150 年 [M]. 岩波書店，2017.

[3] 石原千秋 . 漱石はどう読まれてきたか [M]. 新潮社，2010.

[4] 佐藤泰正編 . 漱石における < 文学の力 > とは [M]. 笠間書院，2016.

[5] 平岡敏夫，山形和美，影山恒男 . 夏目漱石事典 [M]. 勉誠出版，2000.

[6] 吉本隆明 . 夏目漱石を読む [M]. 筑摩書房，2002.

[7] 夏目漱石 . 漱石の思い出 [M]. 角川書店，1974.

[8] 何乃英 . 夏目漱石和他的一生 [M]. 武汉：华中科技大学出版

社，2017.

[9] 李国栋 . 夏目漱石文学主脉研究 [M]. 北京：北京大学出版社，1990.

论文

[10] 陈漱渝 . 把本国作品带入世界视野——夏目漱石与鲁迅 [J].《鲁迅研究月刊》，2017 年第 10 期 .

[11] 邹双双 . 夏目漱石《我是猫》的汉译及相关的直译意译之争 [J].《中国翻译》，2017 年第 1 期 .

[12] 王志松 . 周作人的文学史观与夏目漱石文艺理论 [J].《中国现代文学研究丛刊》，2016 年第 7 期 .

[13] 孙宁 . 民国时期的夏目漱石文学中文译本稽考 [J].《东北师大学报 (哲学社会科学版)》，2009 年第 6 期 .

[14] 陈占彪 . 鲁迅与夏目漱石关系考辨 [J].《文学研究》，2006 年第 3 期 .

[15] 王向远 . 八十多年来中国对夏目漱石的翻译、评论和研究 [J].《日语学习与研究》，2001 年第 4 期 .

[16] 王成 . 夏目漱石文学在中国的翻译与影响 [J].《日语学习与研究》，2001 年第 1 期 .

[17] 孟庆枢 . 夏目漱石与中国文学 [J].《中国比较文学》，1997 年第 2 期 .

[18] 王向远 . 从“余裕”论看鲁迅与夏目漱石的文艺观 [J].《鲁

迅研究月刊》，1995 年第 4 期 .

[19] 杨晓文 . 夏目漱石与丰子恺 [J].《吉林大学社会科学学报》，1993 年第 1 期 .

[20] 藤井省三 . 鲁迅心目中的夏目漱石 [J]. 马蹄疾译 .《鲁迅研究月刊》，1991 年第 3 期 .

[21] 陈星 . 丰子恺与日本文化 [J].《杭州师院学报 (社会科学版)》，1985 年第 2 期 .

译作

[22] 夏目漱石 . 心 [M]. 谭晶华译 . 上海：上海译文出版社，2017.

[23] 夏目漱石 . 草枕 [M]. 陈德文译 . 上海：上海译文出版社，2014.

[24] 夏目漱石 . 哥儿 [M]. 刘振瀛译 . 上海：上海文艺出版社，2013.

[25] 夏目漱石 . 玻璃门内：小品四种 [M]. 吴树文译 . 上海：上海文艺出版社，2012.

[26] 夏目漱石 . 虞美人草 [M]. 茂吕美耶译 . 北京：金城出版社，2011.

[27] 夏目漱石 . 三四郎 [M]. 吴树文译 . 上海：上海译文出版社，2010.

[28] 夏目漱石 . 后来的事 [M]. 吴树文译 . 上海：上海译文出版社，2010.

[29] 夏目漱石．十夜之梦——夏目漱石随笔集 [M]. 李正伦，李华译．上海：华东师范大学出版社，2008.

[30] 夏目漱石．我是猫 [M]. 于雷译．南京：译林出版社，1993.

[31] 夏目漱石．哥儿·草枕 [M]. 陈德文译．福州：海峡文艺出版社，1986.

[32] 夏目漱石．路边草 [M]. 柯毅文译．上海：上海译文出版社，1985.

[33] 夏目漱石．夏目漱石小说选（上）[M]. 陈德文译．长沙：湖南人民出版社，1984.

[34] 夏目漱石．心 [M]. 董学昌译．长沙：湖南人民出版社，1982.

后　记

此次受伊静波先生与华中科技大学出版社委托，编写《日本国民作家：夏目漱石》一书，借此机会又重新阅读了很多夏目漱石的作品，仍感受益良多。夏目漱石的书，可以说每次开卷必有收获。

可能有很多读者会问，为什么选择一百多年前的夏目漱石作为日本近现代文学的代表，而不是新近更受读者关注的村上春树？的确，这二三十年，村上春树在中国拥有众多读者，特别是青年人，一直关注村上能否获得诺贝尔文学奖，如同选秀节目的忠实粉丝一般，注视着村上的动向。流行与经典就是如此，流行总是令人心跳加快，备感兴奋，而经典则如同陈年老酒，醇厚香浓，静静品味，口齿留香。

与现在日本社会的稳步前进相比，夏目漱石生活的明治大正时代可谓是跌宕起伏、波澜壮阔。夏目漱石与明治时代同龄，明治维新之后日本全力学习和吸收西方文明，试图尽快废除江户幕府末期签订的不平等条约，早日步入先进的欧美列强行列。明治四十四年，日本在中日甲午战争中打败清政府，成为东亚强国；又于日俄战争之中，战胜沙皇俄国，终于废除所有不平等条约，获得西方列强认可，跻身其中。进入大正时代之后，日本借着第一次世界大战列强忙于欧洲战事之际，大力发展经济，成功奠定了现今日本社会的政治、经济和文化基础。当然在当时的历史环境中，日本选择了走军国主义道路，穷兵黩武、对外扩张、争夺殖民地，最终一步步陷入战争的泥潭，给周边各国，也给日本本国人民带来了巨大的灾难。

回顾从明治维新到二战日本战败这近八十年的历史，日本如同一个暴发户，一度辉煌又迅速陨落。而夏目漱石的一生则处于日本国家上升的时期，本应该热血沸腾，在创作中寻求自我价值的实现，但是作为一名清醒的知识分子，夏目漱石从来没有随波逐流，一直保持着清醒的头脑审视自我、审视周围、审视社会。正因为夏目漱石始终关注人与社会的根本问题，因而他的作品历久弥新，一百多年后读来仍然发人深省。

在日本，夏目漱石的文学一直被认为是知识分子的文学，在中国，同样早在五四运动之前，他的文学就受到留日知识分子的关注。中国文学史上有魏晋风骨一说，在汉末战乱分裂的动荡年代，诗人们仍能保持独立的精神品格，受到后人推崇。可以说，夏目漱石也因为他的风骨而一直为日本的知识分子所尊崇。“则天去私”是夏目漱石追求的理想境界，直到今天，我们又有几人敢说自己达到这一境界了呢？

笔者希望能为读者阅读夏目漱石做一个领路人，领路人只是向导而已，最终还需读者自己开卷阅读原作，深入体会。本书撰写的最后阶段，新型冠状病毒肺炎疫情暴发，响应国家号召，闭门在家的日子，自炊自足，读书写作，真切体会到古人所说：书中自有千钟粟；书中自有黄金屋；书中有马多如簇；书中有女颜如玉。疫情令习惯了现代消费社会的我们感到诸多不便，但自我禁足的日子，让人重新拾起很多被遗忘的乐趣，读书之乐、创作之乐自然也在其中。相信春暖花开的日子，疫情终将过去，希望大家尽情出门欢娱之后，仍能不忘这份阅读之乐。

高洁
2020 年 2 月于上海